星空のコンシェルジュ

光野鈴

co　　tarry sky

もくじ

デザイン：木村デザイン・ラボ

星空のコンシェルジュ

光野 鈴

【プロローグ】

『そこはまさに星空に祝福された奇跡のペンションだった。

扉を開けると太陽のような笑顔のスタッフが出迎えてくれる。

ここは星空を眺めながら料理を楽しむことをコンセプトとした素晴らしいペンション——そう、ここは夢を叶《かな》えてくれる星降るペンション』

深夜の静まり返ったオフィス。

部屋の照明は一時間も前に消えてしまった。

薄暗い室内の中、ＰＣのディスプレイから漏れる光が机上を照らしている。

「よし、できた！」

かなり時間がかかったが、我ながら良いできだ。

いつも編集長に言われている「記事に魂を込めろ！」ということが、初めてできたような気持ちだった。

　夢を失くして日々に疲れた来訪者。そんな人たちを癒し、失くしてしまった夢を取り戻させてくれる素敵なペンション。

（こんなペンション……行ってみたいな）

　疲れた目をこすりながら、そのペンションに思いを馳《は》せる。

　最近の自分の仕事内容に目をやると、その思いは強まるばかりだ。

『驚愕《きようがく》！　悪質ペンションのぼったくりに騙《だま》されるな』『バブルの遺産。豪華な建物の中は欠陥だらけだった？』『泣かないための宿選び十選』『温泉とは名ばかり！　癒されるどころか余計に疲れてしまう温泉宿F』『アイドルが泊まるお忍びの宿』『芸能人御用達！　豪華カップル温泉宿』……インパクトだけを狙った業界の批判記事やゴシップ記事ばかり。

　せめて誰かを笑顔にするような、そんな特集を作れれば昔の夢を忘れることができるのだが……。

「……って何してるんだろうな、僕は」

　僕は自嘲気味に深い溜《た》め息をついた。

（こんなペンション、どこにも存在するはずないのに）

そうだ。これは空想のペンション紹介記事。ゴシップ紛《まが》いの記事に嫌気が差した時、気晴らしに書き続けてきた僕の理想を描いた記事だ。

記事を書き終えた後は毎回、僕は虚《むな》しい気持ちで過去を振り返る。

子供の頃、星が大好きでいつも天体観測をしていた。

星が好きだった。

「誕生日プレゼントを五年間分、一気に欲しい」

そんな無理を言って、天体望遠鏡を買ってもらったこともある。田舎で育った僕は小さい頃から星が近くにあった。アウトドアが好きな両親と共に星を見るために自転車で近くの高台の公園や山へ出掛けたものだ。

あの頃、将来の自分はきっと天文関係の仕事に就いているだろうと思っていた。宇宙飛行士、天文学者、星景写真家、プラネタリアン……自分は大人になれば星に関わる仕事をするのだと信じて疑わなかった。

けれど、大人になった今の僕の仕事は『旅人トラベラーズ』雑誌のしがない編集者。仕事だからと割り切って、心にもない記事を作って生活をしている。

そう、僕は夢を諦めてしまっていた。「将来のために」と進学校を選び、会社を選び、いつの間にか小さい頃に思い描いた夢は頭の片隅に追いやってしまっていた。

どんなに頑張って手を伸ばしても星に手が届く事はないのだと、そんな当たり前の事に気づいただけだ。

そして流されるままに転職をして、気がつけばペンション紹介雑誌の編集者としての日々を送っている。

（あの頃の、星を追い続けていた自分が今の僕を見たらどう思うだろうな）

退屈な大人になった、と軽蔑するだろうか。

現実が辛《つら》くて逃げ出したいと思っても、そこから抜け出す勇気も持たない。作り笑いばかりがうまくなって、自分を騙すことで毎日やりくりしている。

……ヴヴヴ、ヴヴヴ。

不意に机の上から振動音が聴こえてきてギョッとする。思わず立ち上がってしまったが、なんということはない。音の正体は僕が設定した終電間近を警告するスマホの通知だ。思わず熱中して長時間作業していたらしい。僕は慌てて帰る支度をする。

その日、焦って退社した僕は机上の整理を怠っていた。プリントアウトされた空想のペンション紹介記事は、まるで何かを主張するかのように僕の机に置かれたままだった。

【第一章】　ファーストライト

睡眠不足の目をこすり、窮屈な通勤電車に耐え、今日も定時ギリギリに出社する。

フレックス制で時間にルーズな仕事とは言え、うちの会社では暗黙の出社時刻は十時と決まっている。

なんとか間に合った……安堵《あんど》しつつ席に着いたところで同僚の声がかかった。

「よう宇田川《うたがわ》。お前、何かやらかしちゃった？」

「え？」

「半田《はんだ》さんが呼んでたぜ。話があるから、出社したらすぐ席に来い、だって」

「ありがとう。……なんだろう……すごい嫌な予感しかしない」

自然と溜め息も同時に漏れる。

「アハハ、クビになったみたいな顔するなよ。まだ怒られると決まった訳じゃないだろ？」

「だってあの鬼の半田さんだろ……絶対説教だよ。そりゃあ泣きたくもなるよ」

「その確率が高いだろうな。頑張れよ」

「他人事《ひとごと》だと思って……」

「まぁ、実際そうだからな」

「はぁ……気が重い……」

朝一番の呼び出しなんて久しぶりだ。一体どんな用件だろうか。

「あ、ひょっとしてブログの件かな」

より読者に親しみをもってもらおうと、編集者たちには内容自由のブログページが与えられている。

「ああ。あの更新必須じゃないけれどあまりに更新してなかったら白い目で見られるっていう謎ノルマか。お前の部署も大変だよな」

「最後に更新したのいつだったたっけな。えーと」

……二か月前だった。内容はなんてことないホテルの紹介記事だけ。

十中八九呼び出しの理由はこれだろう。むしろ今まで怒られなかったのが奇跡に近い。

「……行ってくる」

「ああ、頑張れ。今度慰めに昼ぐらいは奢《おご》ってやるよ」

　というわけで、僕は編集長のデスクへと向かった。

　半田さんの目のまわりは今日も黒い——いつも目の下にクマを作っているからか、その姿がパンダにも似ていて一部ではパンダ部長と呼ばれている。

　だけど、彼の性格は癒し系のパンダとは正反対だ。怒っているほうが多いくらいで、いつも誰かが怒鳴られている。あらゆる企画をボツにしてきた鬼編集長……そう、断じて可愛《かわい》いパンダなどではない。

「おはようございます。あの……僕に話があると伺いましたが」

「おう、宇田川」

　低い声のトーンや、その鉄仮面のような表情からは一切の感情が読み取れない。

「いい記事だったぞアレ！」

「……え？」

「お前が楽しんで書いてるのが伝わってくるいい内容だった」

「なんのことです？」

「各部署には無理を言って通させてもらったからな」

「各部署？　通す？」

二ヶ月前のブログ記事を思い返してみる。『――というわけで実際は行ってみることをオススメする！』と無難以外のなんでもない内容だったはずだ。もちろん楽しんで書いた覚えもなかった。

「あの、各部署に通す、とはなんのことでしょう？」

「まだ寝ぼけていて頭が働いてないのか？　これだよ、これ」

そう言って差し出された記事を見て目が飛び出そうになる。

『――ここは夢を叶えてくれる星降るペンション』

「ああああああ！」

「うるさい！　朝から騒がしい奴《やつ》だな」

「こ、これ、これをなんで半田さんが⁉」

「お前が言ったんだろ？　約束通りお前の机の上にあったから受け取っておいたぞ」

「ちょっ、ちょっと待ってください……これは違うんです」

「何言ってんだ？　例のやつだろ」

「少し、落ち着いてくださいってば」

「お前が落ち着け。企画が通って嬉《うれ》しいのは分かるが、はしゃぎすぎだ」

（最悪だ……なんでこんなことに……）

危機感と共に脳がフル回転をし、昨日の記憶を呼び覚ます。

『超厳選、新たなる三ツ星ペンション紹介プロジェクト』──略して超《ちょう》新星《しんせい》ＰＪ。

その資料提出について半田さんと言葉を交わした記憶がある。

──資料を作り終えたら机の上に置いておきますね。

僕は確かにそう言った。超新星ＰＪの企画書を作り終えたら半田さんの机の上に置いておくつもりだった。もしかして半田さんは、僕が机の上に出しっぱなしにしてしまったあのペンション紹介の記事を……。

「思い出したか？　いやあ、お前もやればできるじゃないか。ここまで熱のこもった文章を書くとはな」

（完全に勘違いされてる……これはまずい）

「あの、それは違うんです。その、と、とても提出できるクオリティなんかじゃなくてですね、もっといい企画が……」

「いや、確かに企画書の体《てい》はなしていないが内容は気に入った。これでいく」

「いえ……本当に、本当に良くないんです」

「おい！ 自信を持て！ お前だって伊達《だて》に何年も編集者やってきたわけじゃなかったってことだ。今回ばかりは俺が太鼓判を押してやる」

「いえ、そういうことじゃなくてですね……」

僕は焦っていた。まさかこんなことになるなんて。なんで、机の上に置くなんて言ったんだ。なんで昨日のうちにしっかり仕舞っておかなかったんだ。とにかく、このままではやばい。なんとかしないと……。

半田さんは僕の書いた記事にもう一度目を通して満足げに頷《うなず》く。普段はボツばかり出す鬼編集長のはずなのに、よりによってなんで今回はこんなにベタ褒めなんだ……。

「まさかこんないいペンションがあったとはな。今度、家族でも連れていってくるか。で、これは一体どこにあるんだ？」

ペンションの所在地は僕の脳内です……だなんてとても言えそうにない空気だった。でも、言わなければ事態はどんどん悪化するだけだ。覚悟を決めて言わなければならない。

「あの……このペンションはですね」

「ん、なんだ？」

「その、なんと言ったらいいか……」

「なんだ、はっきりしない奴だな。言いたいことはハッキリ言え！」

「いや、ハッキリ言いたいところなんですが、えーと」

「もったいぶるな！　さては、このペンションを特集しろとでも言いたいんだな？」

「ち、違います！」

「遠慮するな。俺もな、それでいこうと思ってたんだ」

「ダダダ、ダメです」

「バカヤローお前が決めるんじゃねーよ！　そういうのは俺が決めるんだ」

（絶対に止めなければ！　まだ上にさえ話が通ってなければ最悪の事態は避けられる）

僕の心配げな表情をどう受け取ったのか、半田さんは親指を立てた。

「安心しろ、上への許可は取っておいた」

「えええええええ！　取っちゃったんですか！」

「今回はこのペンションを目玉にした誌面を作ることに決まった。お前、死ぬ気で気合い入れてやれよ！」

「……」

完全に終わった。

仕事が終わらなくて獅子座流星群を見逃した時以上の絶望感だ。

いや、それどころじゃない。始末書、減給、関連部署への謝罪……憂鬱なキーワードが脳裏をよぎる。

「頑張ったお前に嬉しいサプライズを届けたくてな、つい話を進めてしまったぞ」

「……涙が出そうです」

「そうかそうか、そんなに嬉しかったか」

「そうじゃないんです……」

「とにかくだ、今回のお前のペンション紹介文な、本当に良かったぞ。読んでてワクワクしたのは久しぶりだった。なんというか、魂がこもってた」

「半田さん……」

「初めての目玉企画だろ？　頑張れよ」

半田さんの嬉しそうな顔を見るのは本当に久しぶりだった。それ以上に、僕自身が半田さんに褒められたのは初めてだった。

「あとでミーティングするぞ。細かい部分を詰めて――」

「すみません！」

これ以上は誤魔化せない。

「なんだ？」

「これ、ないんです」

「何がないんだ？」

「こんなペンション、本当はどこにもないんです」

「は？」

「紹介文も僕の妄想で書いたんです！」

言い放った言葉と共に、時が止まったかのような気まずい静寂が訪れる。

「妄想……だ？」

「せっかく褒めていただいたのにすみません。でも、こんなペンションないんです。実は僕の理想を書いただけのただのでたらめなんです――」

絞り出すように、拙い言葉で僕は妄想ペンション紹介記事を書いた経緯を説明する。

結果、半田さんの笑顔はそのまま鬼の形相へと反転した。

「バカヤローーーー！　なんで早くそれを言わないんだ！」

デスクが叩《たた》かれる音に周囲の社員が一瞬振り向く。そしていつものことかと、何事もなかったかのように元の姿勢に戻る。

「だから僕は言ったじゃ――」

「なんだそれは！　妄想だと？　俺がせっかく……」

「……本当にすみません」

半田さんはブツブツ言いながら考え込んでしまう。

今日は朝から辛い一日になりそうだ……。

「あ、あの、すぐに関係部署に謝罪してきます。それから――」

「待て」

「え？」

「これがボツだとはまだ言ってないよな？」

「……はい。でもボツ以外はありえませんよね？」

「見つけてくればいい」

「見つけるって……何をですか？」

「お前が死ぬ気でこのペンションを探してくればいいんだよ」

「え!?　この妄想のペンションを、ですか？」

「ああ、この企画に相応《ふさわ》しいペンションを見つけてくれれば万事ＯＫだ。それならば問題なく紹介することができる」

「冗談、ですよね？」

「冗談だと思うか？」

半田さんの目は本気だと語っていた。

「正直、お前にこんな熱のこもった文章を書けるとは思ってなかった」

「でも、こんな都合のいいペンション、早々ないと思います」

「おい……」

「はい」

「お前はなんのために生きてる？」

「え？　なんのため？」

「なんのために生きてるんだって聞いてるんだよ！」

静かながらも、迫力ある凄《すご》みを効かせて半田さんが尋ねる。

生きる目的——考えてもみなかった。日々の忙しさにかまけて、毎日が精一杯で、何がしたいかなんて考える余裕もなかった……。いや、違う。考えようとしていなかっただけだ。いつの頃からか夢を諦めて、現実しか見ていなかったようで、本当は今すら見ていなかったのかもしれない。

「よく……分かりません」

「お前はどうなんだ？　この企画を本気で形にしてみたいとは思わないのか？」

「……もちろん、もしこんなペンションがあったら僕が紹介したいです……」

半田さんの真っすぐな視線に思わず目をそらしてしまった。

「でも……そんな都合よく妄想通りのペンションがあるとは思えません」

「やる前から諦めてるんじゃねーよ」

「……」

「探してみろよ、必死でさ」

「……」

「俺がお前の文章から感じた、魂はただの俺の勘違いだったのか？」

あの妄想記事はあらゆるしがらみを気にせず、書きたいものを書いた。

あらゆる関係者の顔色を窺《うかが》いながら、時に自分の気持ちを偽りながら書いたものではなかった。自分が行ってみたい、と思うところを書いてみた。

「だったら、一度死ぬ気でやってみろよ」

「……」

悔しいけれど、何も言い返せない。

僕は本気で取り組めるほどこの仕事に情熱を抱いたことはなかった。

「目的のペンションを見つけるまで、戻ってこなくていい」

「それって……もしかしてクビってことですか」

「ああ、それくらいの覚悟で行け」

「もし見つけられなかったら……」

「……そうなりたくなかったら、今すぐ行ってこい！」

「は、はい！」

こうして僕は、星降る最高のペンションを探しにいくことになったのだった。

＊＊＊

『そのペンションは山奥にあり天体観測に特化していて……』

自分が書いた妄想のペンション紹介記事を、まさかこんなにも怨念に満ちた気持ちで読み返すことになるとは思わなかった。

『最高級フレンチと、大自然のプラネタリウムが織りなす究極のケミストリー。あなたはペンション業界の夜明けを目撃するかもしれない！』

我ながら一体どんなペンションだと思う。

やっぱり各部署に素直に謝れば良かったかもしれない……と、あれから何度も後悔をした。

デスマーチ。

この一週間はそうとしか言い様のない壮絶な日々だった。

初めの二日間は社内のデータベースを一から検索し、同期に先輩、後輩……あらゆる人にヒアリングをした。図書館、ネット、旅行雑誌……寝食の時間は最低限にし、暇さえあれば情報収集に費やした。藁《わら》にもすがる思いで、個人の自分探し旅行ブログにまで調査範囲を広げたくらいだ。

おかげで見つけたペンション候補五十件……この時点ではなんとか希望も見えた気がした。

「宇田川。お前最近やつれたよな。少し休んだ方がいいんじゃないか？」

とは同僚の言。

「ありがとう。このプロジェクトが終わったら、たっぷり有給を取るよ……まだ会社にいられたらだけど……」

しかしそれも地獄の始まりにすぎなかった。

何十もの辺境にあるペンションへの突撃取材。だが自分の妄想通りのペンションなんてそう簡単に見つかるはずもなく多くの場合は徒労に終わった。常に走り回っていた記憶しかなく、身も心も既にクタクタだった。
いま、リストには四十九個のバツがついている。
(もし、次もダメだったら僕は……)
地図を頼りに、どんどん人気がなくなる山奥へと進む。なかなか目的地は見つから
ず、明るかった空も気がつけば暗くなっていた。
灯《あか》りも持たず夜道を歩いていると気持ちも不安になってくる。小さな星明かりだけ
が頼りだった。
だからこそ、暗闇の先にその小さな宿を見つけた時は嬉しかった。
ぼんやりと建物の輪郭が見えてきて慌てて地図を確認する。お世辞にも大きいとは
言えない。目の前の小さな看板にはこう書かれていた。
『ペンション　ファーストライト』
間違いない、このペンションこそが僕の最後の希望だ。
しかし解せないのはその暗さだ。とても人が生活しているようには見えない。
(ひょっとしてもう潰れてる……のか？)
嫌な予感に、真夏だというのに背筋が寒くなる。
僕は扉に手をかける。自然と祈るように、手に籠もる力は強くなる。

力を入れると、扉は簡単に開いた……どうやら鍵はかかっていないようだ。

カランコロン。

僕の来訪を歓迎してくれるかのようにドアベルが暗闇に鳴り響く。

「はーい」

遠くから、優しいソプラノの声が聞こえた。

そしてすぐに足音が近づいてくる。

瞬間、はかったようなタイミングで月明かりが彼女の表情を照らす。それを見た瞬間、あのフレーズが頭をよぎった。

——扉を開けると太陽のような笑顔のスタッフが出迎えてくれる。

「おかえりなさい」

聞こえてきたのは予想外の言葉だった。

「え？」

いらっしゃいませ、じゃないのか？

このペンションに来たのは当然、初めてだ。

彼女とも面識はないはずだ……一度会ったらそう簡単に忘れられないような、色白の美しい女性だった。

とても静かな夜に、風変わりな挨拶。
それが彼女との出会いだった。

【第二章】　雨の日の星のゆりかご

「あの、おかえりなさいって？」

「すみません、驚かせちゃいましたか」

「ええ、いきなりだったんで」

「このペンションはお客様にとって第二の家であることがモットーなんです」

「あ、なるほど。だから『おかえりなさい』なんですね」

「はい。初めていらっしゃる方はみんな驚かれますけど、当宿の挨拶なんです」

「そうだったんですね。おかえりなさいって言われて、ちょっとドキっとしちゃって」

「新婚さんみたいですね」

　その言い回しがなんだかおかしくて、僕らは打ち解ける合図のように笑い合った。

「あの。今夜一名、泊まれるでしょうか？」

「はい、空いております！」

「良かった。あまりに暗かったのでもう閉まってるのかと思いました」

「申し訳ございません。先ほどから停電中でして……」

「あ、停電」

「こんなに暗かったらそう思われますよね。もうすっかり日も落ちてしまったし、お客様が引き返さなくて本当に良かったです」

「本当に。今夜は野宿を覚悟しました」

再び軽く笑い合う。なんだか会話が弾む。

「すぐお部屋にご案内しますので、先にご記帳だけお願い致します」

「はい。ええと」

懐中電灯で手元を照らしてくれる彼女の指示に従い必要事項を記入する。

「宇田川昴太《こうた》様、ですね。私はこのペンション、『ファーストライト』のオーナー天《あま》野志保《のしほ》と申します」

「よろしくお願いします。お若いのにオーナーだなんて、凄いですね」

「ふふ、ありがとうございます」

「いえ。ほんと。凄いです」

それに比べて自分はクビ擦れ擦れのしがない会社員で……と、ついつい情けないことを考えてしまう。

「ありがとうございます。では、こちらへどうぞ。お客様のお部屋は二階の七号室です」

「はい」

僕は彼女に続く。なんとなく、歩く度に揺れる彼女の髪に魅入ってしまう。

今時珍しい腰まで伸びた黒髪は、星を優しく包む夜空の美しい黒を連想させた。

ときどき月明かりが照らされた時に見える彼女の笑顔はとても綺麗《きれい》だった。

「あ、ここ……」

「どうかなさいましたか？」

「廊下の壁に星景色写真が飾られてるんですね」

どうやらペンションの至るところに星に関するものが飾られているようだ。

「ええ。どれも素敵な写真なので停電じゃなければゆっくり見ていただきたかったんですけれど」

星景写真とは星空を写した写真で、工夫して撮ることにより星を点像として写したり、星の軌跡を光の線として写したりしたものだ。星の軌道を光の軌跡として弧を描く不思議な写真。小さい頃、図鑑でもよく見た写真だった。

「明日、朝になったら楽しませていただきますね」

美しい星景写真に早くも僕は心を奪われていた。その星景写真は星の軌跡が光の線となり一枚の写真におさまっている。

『最愛の妻と二人で　石久保七郎《いしくぼしちろう》』

カメラマンには詳しくないが、高名なカメラマンなのだろうか？　作者名を凝視していたら、志保さんが説明をしてくれた。

「その写真は、ここに熱心に通ってくださるお客様が寄贈してくれたものなんです。とても綺麗な星空ですよね」

「ええ、薄明かりの中でも綺麗に見えます」

「そう言っていただけると私も嬉しいです」

星景写真だけではなく他にもスペースシャトルやＵＦＯの写真など、宇宙好きの心をくすぐる展示品が置かれていた。超新星ＰＪという仕事で来たのでなければ、一晩中心ゆくまで鑑賞したかったところだ。

「もしかしてオーナーさんは『宇宙《そら》ガール』だったりします？」

「そらがーる？　ですか？」

「あ……すみません。『宇宙ガール』っていうのは、星が好きな女性のことです。このペンションは星に関するものばかりなので、ご趣味なのかと思いまして」

「いえいえ。恥ずかしながら私はあまり星には詳しくなくて……」

どうも歯切れが悪かったので、詳しく聞くのは躊躇《ためら》われた。

「この先は階段ですので、足下にはお気をつけくださいね」

「あ、はい」

確かに薄明かりでうっすら見えているものの、躓《つまず》かないかと不安になる暗さだ。子供の頃は暗いと階段が怖くて歩けなかったりしたな、と昔のことを思い出した。

(そういえば、暗闇が怖くなくなったのは、確かあの時だったな……)

子供の頃の記憶が蘇《よみがえ》る。


——その日、学校では『しぶんぎ座流星群』が来るという話題で持ち切りだった。

今日は絶対に寝ないで星を見ようと子供心に気合いが入っていた。

いつものように暗闇を避け、部屋を明るくして夜を待つ僕に母が言ったのだ。

『星を見る時はね、あたりを暗くして暗闇に目を慣らすといいのよ。そうすると、より綺麗に星が見えるから。そう思うと、暗いところも怖くないでしょ?』

そう言って灯りを消し、怖がる僕の手を握ってくれた母の温《ぬく》もりを今でも覚えている。確かに怖かったはずの暗闇がそんなに怖いものでもないと感じるようになった。星を綺麗に見る準備段階だと思えば、その暗さにもワクワクした。

母との大切な思い出だ。

「この停電は明日には復旧する見込みです。本当にご迷惑おかけしてすみません」

「いえ……むしろ好都合かもしれません」

「え？」

言ってから、これじゃ盗人の発言だなと気づいた。

「あ、いえ……変な意味じゃなくてですね、『天体観測』において暗闇ってもの凄く大事なんです。周りが暗くなるだけで、見える星が百個から千個に変わったりすることだってあるんです」

「そんなに？」

いわゆる光害だ。それが天体観測にどんな影響を与えるのか。この由々しき問題について三時間は語れる自信がある。このオーナーさんにとっては迷惑かもしれないけど……。

「周りが暗いだけで、そんなに見える星の数が変わるんですか」

「はい。人間の目って慣れないと実はそんなに星は見えないものなんです。肉眼でくっきり見えるのは一等星と呼ばれる明るさの星です。それが暗闇に目を慣らすだけで一等星だけじゃなくて三等星まで肉眼でくっきり見えるようになるんです。この山奥なら、もしかしたら六等星まで見えるかも」

「そんなに違うんですね」

「はい、だから暗闇に目を慣らすのって大切なんですよ」

六等星は一等星に比べて百分の一ほどの明るさしか持たない。都会ではせいぜい三等星までが肉眼で見える限界の範囲だろう。

「それに天体観測中は目に優しい光になるよう、懐中電灯に赤いセロファンを貼ったりもするんですよ。綺麗な星を見るためには携帯電話の光ですら厳禁なんです」

「そうなんですか。全然知りませんでした。よくご存知なんですね？」

「あっ、すみません。つい……。天体観測のことになると熱く語ってしまう癖があるようでして……」

「ふふ。本当に天体観測が好きなんですね。天文学者の先生かと思いました」

「いえ……全然違います。単なる趣味でして……」

僕が天文学者……恥ずかしくて耳が赤くなるのを感じた。ちょうど暗くて志保さんには見られないのが好都合だった。

「もしよろしければお外にも出てみてくださいね。今夜は綺麗な星が見えると思います」

「……はい」

どうやら天体観測目的の旅行客と思われたようだ。

「こちらが宇田川さんのお部屋です」

案内されたのは二階の角部屋。扉を開けると夏の夜風が頰を撫でた。

木製のテーブルに木製の椅子。

しかし真っ先に目に入ったのは――。

「あ、『星座儀』もあるんですね」

星座儀とは地球儀のように星の位置や形が分かる球体の天文グッズだ。

思わず童心に帰って星座儀をくるくる回してしまう。

「ふふっ。つい回したくなりますよね」

「ええ、星座儀によっても星の描かれ方が多少違うので、いろいろな角度から見ると面白いです」

「以前にいらっしゃったお客様の息子さんは、壊れちゃうんじゃないかと思うくらい、グルグルと回されていましたよ」

「あ、すみません」

まるで子供といわれているようで、自分の行動が急に恥ずかしくなった。久しぶりに星座儀を見て浮かれてしまったようだ。

「ゆっくりお楽しみください」

持ってきた重い荷物を木製ベッドの脇に置く。随分と山道を歩いたせいで、荷物を下ろすと一気に身体《からだ》が軽くなった気がした。

インターネットでこの個室のレビューなどもじっくりしたかったが、それよりも部屋についたら真っ先にしたいことがあった。

「窓、開けてもいいですか？　星を見てみたくて」

「もちろん、どうぞどうぞ」

先ほど灯りの話をした時から、星を見たい気持ちを抑えられなかった。これまでの道中、気持ちに余裕がなかったこともあり不覚にも頭上の星空を見るのを忘れていた。

「深夜になると冷え込みますので、ご注意くださいね」

「はい、気をつけます。では、さっそく」

了承を得たので僕は窓を思いっきり開ける。

すると同時に、視界に飛び込んできた満天の星。

一面漆黒のキャンバスに、まるで大小さまざまな宝石を散りばめたように瞬いている無数の星々が見える。

この窓から見える景色は最高だった。一瞬にして世界が広がったような、そんな気持ちにさせられる圧倒的な星空に引き込まれる。

「すごい。本当に星が綺麗だ」

「あ、身を乗り出したら危ないですよ」

「お、おっと……すみません。あまりにも綺麗だったんで」

謝りながらも目は星空から離すことができなかった。

「手を伸ばせば星に届きそうですね」

ビルの灯りに邪魔されてしまう都会の空とは全く違う、開けた景色。星が右から左へと一面に広がっている。さっそく僕はこの季節の星座、まずは夏の大三角形を探してみることにした。

琴《こと》座のベガ、鷲《わし》座のアルタイル、白鳥座のデネブ——。

だが——。

「ダメだ。全然結べない」

「あ、星座を見る時に星と星を繋《つな》ぐことを、『星を結ぶ』っていうんです」

「結べない？」

「ああ、なるほど。……でも、結べないってことは、ここではあまり見えないってことなんでしょうか？」

「いえ」

「お気に召しませんでした？」

「いえいえ、全くその逆です。ここは星の数が多すぎて一つ一つを結べないくらい満天で……本当に最高ってことなんです」

これが俗に言う「嬉しい悲鳴」というやつか。星が見えすぎるせいで星座が作れないだなんて、星好きからすると贅沢な悩みだ。

「そうでしたか、何か良くないことがあったのかと心配してしまいました」

「すいません。まぎらわしかったですね」

僕らは再び笑い合う。

「星の見え方は天候や土地にも左右されてしまうんですが、ここのペンション、本当に凄いですよ。今まで見た中で一番です！」

「そんなにですか」

「たとえば、あの赤い星……あれが蠍《さそり》座の心臓アンタレスだというのは分かるんですけれど、他は星が多すぎてサッパリ」

天秤《てんびん》座、射手《いて》座、冠《かんむり》座……夏の代表的な星座は完全に星の海に紛れてしまった。数え切れない星の光を、ただ僕は見つめていた。

「期待以上なんてレベルじゃないですよ。これこそ最高の星空が楽しめるペンションです！」

「ふふっ。なんだか恥ずかしいです。ここの星空を見てこんなによく言っていただいたのは宇田川さんが初めてですよ」

「そうなんですか……でも、星好きだったらこの景色は黙っていられません！」

何度落ち着こうとしても、窓から見える星につい興奮してしまう。

「では、何かお困りのことがございましたら、私かスタッフにお声掛けください。内線電話もございますので気軽にお呼びください」

「はい、ありがとうございます」

「それでは失礼致します」

深く頭を下げる志保さんに、慌ててこちらも礼をする。

良いペンションだな……「本当に来て良かった」それがこのペンションに対する第

一印象だった。オーナーの志保さんの対応や話しやすさもさることながら、星空の美しさに関しては語り尽くせない。

改めて、夜空を見上げてみる。

心の疲れや絶望といったあらゆるネガティブな感情は、全てこの夜空に吸い込まれて消えていく、そんな気がした。

＊＊＊

歩き過ぎて疲れ果てた足を休めたくて、僕は思わずベッドに飛び込んだ。

そして手足を伸ばし、大の字で寝転がる。

静かな部屋で、一息ついたところで現実に戻る。

(そうだ……僕は仕事で来ているんだった……)

いくら星が綺麗だからって、ずっと浮かれてはいられない。僕はここに来た目的を達成しなければならない。

(はぁ……そうは言っても仕事のことは忘れて星だけ見ていたいな)

これから先、やるべきことは多いけれど、あとほんの数分だけは何も考えずにいたかった。

このまま目を開けていても見えるのは天井だけか、そう思っていたが……驚くことに室内にいるのに星空が目に飛び込んでくる。

慌てて目を凝らすと、天井に美しい星図が描かれていることに気づく。

不意のサプライズで、思わず口元が緩む。

(本当に星というコンセプトで徹底して統一されている……やるな)

ここが探し求めていた僕の理想のペンションじゃないか？　五十件目にして僕は確かな手応えを感じつつあった。

停電とはいえ、部屋の設備は一通りチェックしておきたかったし、スタッフの話も聞いておきたい。

やるべきことは山ほどあるが、適度な休憩を取った方が作業効率も上がるだろう。

五分だけ休んで疲れを癒したら動こう。そう思い、僕は瞳を閉じた。このベッドも上質なマットレスを使用しているせいか、寝心地は最高だった。

静寂が落ち着く……。

気温もちょうどいい……。

普通のホテルやペンションだと隣室の水流音などが気になりとても寛げなかったり

するが、このペンションではそんな心配はなかった。
おかげでスヤスヤと、あっという間に僕は安らかな眠りへと落ちていった。

＊＊＊

……。
…………。
「あああああああ！」
やってしまった……。
ほんの五分だけ眠るつもりが、九時間もしっかり寝てしまっていた。
部屋の窓際でチュンチュンと、小鳥の囀《さえず》りが聞こえる。
もし、それがなかったらもっと寝ていたかもしれない。
(今すぐやらなくちゃ)
荷物の中からノートパソコンを取り出し、起動する。
自分が感じたこと、見える全てを忘れないようにメモを取り始める。
物色している気分で少し気が引けるが、部屋の隅々まで調査する。

昨日は暗くてよく見えなかったが、部屋は自然を感じさせる木製の家具で統一されている。

柔らかい色合いで落ち着いた部屋の雰囲気は疲れた心を癒してくれるようだ。

ベッドの下や部屋の隅なども、文字通り隅々まで見たが清掃がしっかりと行き届いていた。

窓から見える景色は大自然の緑色。樹木が多いが決して圧迫感はない。程良く部屋に差し込む光が温かくて心が和んだ。

窓を開けて耳を澄ませば、微《かす》かながら川のせせらぎも聞こえる。

部屋の居心地は最高だ。

次は……食事か。

昨夜は文句のつけようのない星空を見たが、それだけでは最高とは言えない。食事も宿に行きたいと思わせる魅力の一つ……決して手を抜いて良い部分ではない。

調査に私情を交える気はないが、あの美人の志保さんが料理を作ってくれるかもしれないと思うと少しだけ心が躍った。

何が出るんだろうか。山菜を使った和食か、それとも果物をメインにした洋食かもしれない。

そんなことを考えていたらお腹が鳴った。

昨日は宿に着くまで必死で夕食を摂る余裕がなかった。お腹も減るわけだ。

僕は期待を込めて、食堂のある一階へと降りることにした。

「おはようございます」

元気な挨拶で迎えられると不思議と元気がわいてくる。志保さんの優しいソプラノの声ならば、尚更《なおさら》だ。

「おはようございます」

「昨晩はよくお休みになられましたか？」

「ええ。ぐっすり眠れました」

「それは良かったです」

「あまりに寝心地が良すぎて、ほんの少し眠るはずが、予定の百倍以上も寝てしまいました」

「百倍？　ふふ、変なことを仰《おつしや》いますね」

「あの……今日も泊まらせてほしいんですけど……」

「はい、かしこまりました」

「今夜も満天の星を見ながら、ゆっくり寝てしまいそうです」

「このペンションを気に入っていただけたんですね！ ありがとうございます」

なんだかいい感じで志保さんと歓談していたら、不意に横から挨拶をされた。

「おざーっす」

「あ、おはようございます」

青年のフランクな挨拶に、慌てて志保さんが頭を下げる。

「申し訳ございません……龍生《たつお》、お客様には丁寧にご挨拶しなさいっていつも言ってるでしょ」

「あ、僕のことでしたら気にしないでください」

「だってさ」

誰だろう……？ そう思っていたら志保さんが紹介してくれた。

「こちら、弟の龍生です。うちの総合世話係をしておりますのでお困りのことがあれば、こき使ってください」

弟さんか。美人な彼女の弟と言うだけあり、龍生くんもかなりの美形だ。パーマがかかったオシャレな髪型に、少し気怠《けだる》そうな表情が印象的だ。だけど、志保さんとは違って少しチャラそうなところは気になった。

「宇田川昴太です。よろしく」

「あ……よろしくっす」

なんだか値踏みをされてるような気がする……。

「姉貴、じゃあ、俺、飯の準備があるから」

そう言うと、彼は早々にダイニングへと引っ込んだ……かのように思えたがすれ違い際にそっと耳打ちされた。

「おい、お前、姉ちゃんに色目を使うなよ」

「え？　つ、使わないよ」

こいつなんなんだ……。

もし使う、なんて言ったら射殺されそうな目をしていた。

しかし――。

「おい。それはうちの姉貴に魅力がないってことかよ！」

「ええ……」

正解などどこにもない問いかけだったようだ。

そんな僕に救いの手を差し伸べるためか、たまたまタイミングが重なったのか、志保さんが龍生くんの首根っこを摑《つか》む。

「申し訳ございませんお客様。……あんたも謝りなさい」

「さっき、気にしないでいいって言ってたぞ？」

「龍生！ ……失礼なこと言って本当に申し訳ございません、ほら」

「すみませんでしたー！」

「いえ……別に気にしていませんので」

と言いつつも、つい気になってしまう。志保さんの弟さんには思えない元気さだ。

「では、私たちは一旦すみません」

「何かあったっけ？」

「龍生。バカなことを言ってないでお見送りするわよ」

「あ、田中《たなか》さん一家はもう帰るのか」

どうやら先客は朝早い出発のようだ。僕は、なんとなく、会話に聞き耳を立ててしまう。

玄関に志保さんと龍生くんが立ち、子供連れのお客さんを見送る。

「いってらっしゃい。お身体にはお気をつけくださいね」

「いってきまーす！」

陽気な子供の声だ。

どうやら先客はご家族連れのようだ。小学生の兄妹が仲睦《なかむつ》まじく走り回っていて、とても賑《にぎ》やかだ。

なるほど。お客様が来た時の挨拶が『おかえりなさい』ならば、お客様が帰る時の挨拶は『いってらっしゃい』ということか。

「またなー、龍生の兄ちゃん」

「おう。またいつでも来ていいぞ」

第一印象では少し横暴にも思えた龍生くんだが、子供から好かれているようだ。

だけど、龍生くんの返事はなんだか歯切れが悪い。

あんな風に見えて、実は意外にも感傷的になってるんだろうか。

でも、すぐにそれは僕の勘違いだったと分かる。

志保さんとその子供連れのご夫婦との別れの挨拶がなんとなしに耳に入ってきてしまったからだ。

「お願いしていた朝食をキャンセルしてしまって、すみません」

「いえいえ、お気になさらずに。お仕事、忙しくて大変そうですね。お身体には気をつけてくださいね」

「……最後に、来られて良かったよ」

「ありがとうございます」

最後？

ありがとう？

どういうことだろうか。

あのご夫婦は海外にでも移住するからファーストライトに来るのは最後ということだろうか。

志保さんの笑顔はどこか寂しげだった。

もしかして……。

なんとなく嫌な予感がした。

「いってきます」

その言葉を最後に遠ざかっていく背中を、志保さんたちはいつまでも見つめていた。

やがてその姿が見えなくなると、僕は不安を打ち消したくて聞いてみる。

「あの……最後っていうのは？」

「あ、宇田川さん。聞いてらっしゃったんですか」

返事を待つまでもなく、彼女の悲しげな表情が悪いニュースを告げていた。

「実はこのペンションをもうたたもうと思っておりまして。ここ、あと一ヶ月で終わるんです」

「……」

返事をしようとして言葉にならなかった。

「客足もだいぶ遠のいてしまいましたし、そろそろ潮時かと思いまして……」

そこから先の言葉はあまり思い出せない。

世界が闇に覆われていくような、そんな気がした。

＊＊＊

やっと見つけたのに、このペンションは潰れてしまうだって……？

空は心を映し出す鏡、とは誰の言葉だっただろうか。

先ほどまでの晴天は嘘《うそ》のように、今は僕の気持ちを表したかのような憂鬱な雨模様に変わってしまった。

昨日までとは打って変わり、全く仕事をする気持ちになれなかった。

ここが最後の五十件目だったんだ。

もうこれ以上はないんだ。

こんなにいいところなのに……。

半田さんにどう報告していいかも分からず、僕はパソコンでメールの文面を打っては消すという不毛な作業を繰り返し、気がつけばメールを送れないままもう夜になろうとしていた。

やっと見つけたのに……。

理想通りのペンションは、もうすぐなくなってしまうという。

僕の企画は失敗に終わった。

「おいおい。辛気くせーな！ さっきから溜め息ばっかりついてるじゃねーか」

そんな僕の気持ちを知ってか、明るい声で話しかけてくれたのは龍生くんだった。

「……」

「なんか嫌なことでもあったのか？」

「いや……」

「ひょっとして姉ちゃんの料理が不味《まず》かったとか言うんじゃないだろーな」

まだ少ししか話してないが、彼の脳内の多くは志保さんで占められているようだ。

「……違うよ」

もっとも、味わう余裕はなかったので味は全く思い出せないけど。

「そうか。ならいいけどよ……あんまり暗い顔してると、いいこともやってこなくなっちゃうぜ？　旅行に来たんだろ？　せっかくだから楽しんでいけよな」

「うん……」

「おい、そんなにショックなことがあったのか？　顔が真っ青だぞ」

「え？　……そんな暗い顔をしてるかな？」

「ああ。この世の終わりみたいな顔してるぜ」

龍生くんは僕の肩に手を置いて優しい笑顔で言う。

「まあ。分かるよ……お前、姉ちゃんに振られたんだろ」

全然分かってない……。

けど、もしかして龍生くんなりに気を使ってくれてるのかもしれない。

「ありがとう。……僕は志保さんに色目を使ってもいないし、振られてもいないけれど、元気出すよ」

「そっか。それならいいけど。俺は総合世話係だから、なんでも言えよ？」

彼は接客態度にはかなり問題アリだが、不器用なだけで根は悪い奴ではないようだ。

男二人、雨音をＢＧＭに語り合っていたら志保さんも手が空いたのか混じってきた。

「残念ですね。今夜は雨で星が見えなくて」

志保さんは僕の元気がない原因を雨で星が見えないからだと思っているようだ。

「ええ、星もないですし、お先まっ暗です」

そう、どうしようもない。

ペンションが潰れてしまうならば、紹介記事なんて書きようもない。

雨の日は星が見えないように、世の中にはどうしようもないことなんていくらでもある。

そうやっていろいろなことを仕方ないと諦めることで、僕は大人になった。

「そうだ、龍生。アレを持ってきてもらえるかしら？」

「アレって、もしかしてアレかよ」

「そうよ、倉庫にしまってたアレ」

打ちひしがれていたけれど、そこまでアレと連呼されると気になる。

「あの……アレってなんでしょうか？」

「あいにくの雨ですが、そんな雨の日でも星を楽しんでもらえる、うちの最終兵器です」

「雨でも星が？」

聞いたこともなかった。

「そんなこと、可能なんですか？　プロが開催する天体イベントでさえも雨天中止が基本ですけど」

「お客様。ここは星空がウリのペンション、ファーストライトです。心配なさらないでください」

自信を持って答える彼女の笑顔は、どんより心が落ち込んでいた僕に少しだけ元気を与えてくれた。

「信じてお待ちください」

「……はい」

そして待つこと五分。龍生くんは『アレ』と呼ばれる物を持ってきた。

得体の知れない丸い球体……パッと見た限りではそれが一体なんなのか分からなかった。

「部屋の灯り、消してもらえるかしら」

「ああ！」

応じるや、彼はカーテンを閉め、灯りを消す。本当にこれで、雨でも星が見えるようになるのだろうか。

いや、雨の日に星は見えるはずがないけれども……。

「じゃあ、スイッチをいれて」

「おう！　スイッチ、オン！」

ポチッと彼がボタンを押すと、球体の内部が光り出した。

球体にはところどころ穴があるようで、光線が部屋中に広がる。

「なるほど、プラネタリウム、ですか……」

天然の星にこだわっていた僕には、人口の星など思いもよらなかった。

プラネタリウムと聞くと、巨大な部屋と投影機が必要と思われるかもしれないが、実際は遮蔽物の少ない部屋に室内規模の映写機を設置すれば良いだけの誰でも見られる身近なものなのだ。

手作りだからなのか、星の大きさが正確ではないように思えた。だが、そんな細かいことはどうだっていい。久々のプラネタリウムの星々は目新しく映り、僕を楽しませてくれた。

(そういえば昔、家具を片づけて、部屋を広げて映したっけな)

小さい頃に母と一緒にプラネタリウムを作った想い出が蘇る。家事で忙しい母に「絶対凄いのができるから！」と必至に説得して我侭《わがまま》に付き合わせた。どんな星空にも負けないいものを作れると、本気で信じていた。

壁に映し出された光点……作られた星々を見ながら僕は言った。

「雨の日に見る星……いいですね」

その手作りプラネタリウムは、この閉ざされた部屋を一瞬にして星空で埋め尽くした。その幻想的な美しさには目を奪われる。

温かい星の輝きが沈んだ心に沁《し》みわたる。

志保さんは取り扱い説明書を読みながら、このプラネタリウムについて語る。

「これを作った人はこう言っていました。『夜空を見て、もし星が見えなかったとしても星は見えないだけで必ずそこにある。それを忘れないでほしい』と。そんなメッセージがこのプラネタリウムには込められています」

「星は見えないだけで、必ずそこにある……」

その一言が腐りきっていた僕の心をグサっと抉《えぐ》った。

「おそらくご存知かと思いますが、星の説明をさせていただきますので、最後までお付き合いくださいね」

志保さんが映し出された星座の解説をしている最中も、僕は先ほどの言葉の意味を考えていた。半田さんも言っていた。「やる前から諦めるな」と……。

まだ諦めてはいけないのかもしれない……。

『希望』も星と同じで見えていないだけで、必ずある……。

「次は、夏の星座です。これは、まず『夏の大三角形』と呼ばれる三角形を見つけることから始まります……」

ずっとこのままこの作られた星空を眺めていたかった。星を隅から隅まで見渡してみる。

すると、そんな空間の中で見慣れない場所に一際大きな光を見つけた。見たことがない星だった。不自然な大きさなので思わず質問してしまう。

「あの強く光っている星は、なんという星でしょうか」

「あ、あれは、姉貴が失敗して空けちまった大穴で……痛て」

可哀想に、龍生くんは口封じに思い切り腕をつねられたようだ。

……志保さんが空けた大穴？　ということは、このプラネタリウムの制作者は志保さんということなのだろうか……？

「この輝く星は、ですね……」

彼女は慌ててメモを取り出し、読み上げる。

「この大穴の名は……『超新星』です！　夜空には時々、恐ろしいほどの光を放つ星が見えることがあるんです」

超新星……その単語に思わずドキリとする。

偶然だ、と思いつつも『超新星PJ』のことを思い出さざるを得ない。

「超新星……スーパーノヴァについて説明しますね」

「え、ええ」

「この世の全ての星には寿命があって、やがて星は色を変え、最後には消えてしまいます」

星はやがて死ぬ。初めてその事実を知った時はなんだかとても悲しい気持ちになったのを思い出す。

いつまでも輝き続けると思われる夜空の星も、永遠ではない。

「でも、大きな星は最期を迎える瞬間にとても大きな爆発を起こします。それは今までのどんな光よりも強く輝いているそうです。まるで突然新しい星ができたかのように見えるので、その星の爆発のことを超新星と呼ぶそうです」

「え？　超新星って言うから新しくできた星のことじゃねーのか」

横で聞いてた龍生くんが質問を投げかける。

「んー、それは……えーと……」

「超新星の爆発によってできた破片が新しい星になることもあるから、あながち間違いではないよ」

僕はつい、志保さんの代わりに答えてしまっていた。

「超新星が発生するのは一つの銀河で二百年に一回くらいで、観測できたらかなりレアなんだ。星の残骸が新しい星になることもあるんだけど、残骸自体はその形状から『星のゆりかご』とも呼ばれていて――」

夢中になって話してしまった。

そこまで喋《しゃべ》ったところで、志保さんが苦笑していることに気づいた。

「さすが、宇田川さんはやっぱりご存知だったんですね。カンペまで使って解説したのに、なんだか恥ずかしいです」

「いえ、凄く良かったです！　それに超新星も見られたし！」

「プ……良かったな姉貴」

「うるさい！」

龍生くんが笑い出し、志保さんがそんな弟に怒る。

「あと……」

心から彼女の話を聞けて良かったと思う。

「おかげで忘れていた大切なことを思い出せました。ありがとうございます」

「そうですか。なら良かったです」

暗闇の中でも、彼女が笑ったのはなんとなく分かった。

「宇田川さんは本当に星にお詳しいんですね。もしかして星関係のお仕事をされているんでしょうか？」

「いえ。星に関する職業に就きたかったんですが、僕には無理でした。天文学者も、プラネタリアンも、星景写真家も……どれもダメで」

必至で取った星空案内人、通称星のソムリエの資格もどこでも使うことはなかった。

「なんだよ。夢があったのに諦めちまったのかよ、情けねえ」

彼の何げない言葉がグサリと胸に刺さった気がした。

「龍生！　あんたはケンカしてロックミュージシャンになるのを諦めたじゃない。宇田川さんには事情があったんだからあんたが偉そうに言わないの」

「いや、俺だって事情はあったよ！　あれは音楽性の違いから解散しただけで……まだソロデビューは諦めてねえし」

そうか、竜生くんは諦めていないのか。

僕は……本当にもう諦めてしまったのだろうか……。

星を見ると嬉しい気持ちがある一方で、切ない気持ちになる時がある。

これから先、ずっと星に関わる仕事に未練を抱きながら過ごすのか？

「俺はまだ諦めてねーからな。ここでずっと洗い物とかしてるわけじゃねーからな」

「そっか、ミュージシャンになれるといいね……」

「……あ、やべ！」

「なんなの？」

「洗い物忘れてた」

「やってなかったの？　さっきやったって言ってたじゃない！」

志保さんが睨《にら》むと、龍生くんは慌てて目をそらし小さくなった。

「すみません……宇田川さん、そろそろお開きとさせていただきますね」

部屋の灯りを点けるとあっという間に作られた星たちは見えなくなった。僕に様々なことを考えさせた室内プラネタリウムは、唐突に終わりを告げた。

「ご清聴、ありがとうございました」

「すごく良かったです」

拍手をしながら、僕は自分の中でモヤモヤし続けていた迷いが消えているのを感じた。

諦めない心。

こんな良い宿が潰れてしまう……でも、そうならないよう頑張ることだってできるんじゃないか？

それが僕の仕事じゃないのか？

不意に半田さんの声がリフレインする。

——だったら一度、死ぬ気でやってみろ。

そうだ。

まだ自分は輝くまで至っていない。

たとえ消えていく命だとしても最期まで輝き続け、命終えても星のゆりかごとして漂うあの超新星のように……僕も輝きたい！

最後の最後まで足掻《あが》いてみよう。まだ、全てが終わったわけじゃない。

「あの……」

沸々と沸いてきた自分の情熱に従い、僕は口を開いていた。振り返る志保さんに僕は言う。

「朝聞いた廃業の件ですが、こんな素晴らしいペンション、閉じてしまうなんて勿体《もったい》ないと思うんです」

「そう言っていただけるのは嬉しいですけどお客様が減っていて……」

「なんとか続けることはできないでしょうか？」

彼女は困ったような笑みを浮かべた。

「残念ですがそろそろ潮時かと思いまして」

「でも、やめたいわけではないんですよね？」

「はい……ですが……」

「おい、部外者なのにうちの問題に口を出してくるなよ」

「龍生。あなたは黙ってて」

「けどよ……」

何かを言いたげだが、姉の言葉に素直に従い龍生くんは引き下がる。

「龍生くんの言う通り、僕は関係のない第三者です。でも……」

戸惑いの表情を見せる彼女たちの目をまっすぐに見つめ、僕は言った。

「最後まで一緒に足掻いてみませんか？」

「……」

「……」

我ながら唐突な言葉だと思った。志保さんはますます困ったような笑みを浮かべてしまう。

「そう言われましても……」

「あの、僕はこういう者なんです」

そう言いながら名刺を取り出し二人に渡す。

「出版社……の方？」

「はい、未来の三ツ星に相応しいペンションを探しています」

「ただの天体マニアじゃなかったのかよ」

「違うよ……。えーと、僕はこのペンションを紹介したいと思ってます」

「なんだよそれ。自分の仕事をしたいから、ペンションを潰さないでくれってのか？勝手な都合を押しつけるなよ」

「違うよ。もしかしたら……そんな気持ちも少しあるのかもしれないけど、もうすぐ最後と知って、こんな良いペンション終わってほしくないって思ったんだ」

龍生くんは僕の言葉の真偽を確かめるように、僕の目をまっすぐに見る。

「さっきの星の話を聞いて、今は純粋にこのペンションをいろいろな人にも知って星いって思ってる。だから――」

そこまで言って、僕はあることに気づく。

「あ、あの、志保さん、ちょっと待っててください。見てもらいたいものがあるんです！」

言い終わるや、部屋に向けてダッシュする。

今回のペンション探しで何度も読み直す必要があったので、企画書はカラーコピーで持ち歩いている。

僕は部屋にある荷物からその資料を取り出すと、慌てて舞い戻った。室内をドタバタ音を立てて走り回るのは久しぶりだった。

「この企画書を見てもらえませんか？」

そういって僕は作成した企画書を二人に見せる。

「すごい。もうほとんど記事ができ上がってる……ここに来てから僅かな時間で、宇田川さんが書いたんですか？」

「姉貴、こいつ……実は凄いやつなんじゃ」

「いえ。これはここに来る前に僕が妄想で書いた理想のペンション紹介記事の企画書なんです」

「え……妄想？」

「姉貴、やっぱこいつは危ない人なんじゃ」

自然と距離を空ける龍生くん。

「その、ピッタリなんです。この理想のペンションと。僕はこの企画書を『こんな宿があったらいいのに』って思いながら書いていました。その宿と同じ、……いや僕の理想以上のペンションがあったんです。今はただ、純粋にこの宿を紹介したいと思っています。だから……だから、お願いします。このペンションの紹介記事を書かせてもらえませんか？」

この瞬間は半田さんの評価だとか、超新星ＰＪだとかは頭から抜け落ちていた。純粋にこのペンションを多くの人に知ってもらいたい、それだけだった。

「こんな素敵なペンションが潰れてしまうなんて勿体ないです。僕が——」

誰かの心を動かすような仕事をしたい。このペンションは不思議と僕の胸を熱くさせるのだ。

「僕の紹介記事で必ずこの店を大評判にしてみせますから」

拙い言葉だったが、伝えたい言葉は全て言えた気がした。

「どうする、姉貴」

「すみません宇田川さん……正直、急な話で戸惑っています」

志保さんは困ったような顔で言った。

「うちは今取材を受ける余裕はありませんし、もしなくなってしまったらご迷惑をおかけしてしまうのでは……」

「お時間を取らせたりはしません！」

「それに閉じることが決まってからやめた従業員もいます……人手も足りなくて今のままでは……」

「人手が足りないなら……僕が手伝います！　ここの仕事を手伝いながら記事を書かせてください！　ファーストライトの一員としてこき使ってくれて構いません」

「えええ？　でも、お仕事は」

「有給なら有り余ってるので大丈夫です。それに星のことなら誰にも負けない自信があります。僕がこのペンションと、ここの星空の素晴らしさを絶対に伝えます」

ここで働けば、このペンションをもっとよく知ることができる。願ってもないことだ。

僕のなりふり構わない説得に、先に折れたのは龍生くんだった。

「まぁ、いいんじゃねーの？　タダ働きしてもらえるならありがたいし」

「何言ってんの龍生！」

「ありがとう龍生くん！」

「別に、あんたのためじゃねえし。姉貴と俺が楽になるから賛成してるだけだ」

チャンスをもらえるのは、本当にありがたかった。

「諦めたくないんです、志保さん……お願いします」

その言葉が伝わったのかは分からないが、志保さんも観念してくれたようだ。

「分かりました……。宇田川さんさえよければ、ひとまずお話を前向きに考えさせてください」

「本当ですか！　ありがとうございます！」

外は雨でも、僕の心の中の雨雲が晴れていくのを、はっきり感じた瞬間だった。

たとえ見えなくても、頭上にはいくつもの星が輝いている。

＊＊＊

深夜――僕は半田さんに電話をしていた。

あれだけ電話をすることを躊躇っていたのに、今では早く出てほしいと気持ちは逸《はや》るばかりだ。

半田さんはコール音四回で出た。

「なんだ、宇田川、こんな時間に……」

「見つけたんです！」

「……一体なんなんだ？」

「理想通りのペンションです！」

「ペンション？」

「あっ……もしかして、寝てらっしゃいましたか」

「今日は疲れてたんだよ！　俺が寝てちゃ悪いか」

「いえ……こんな夜分に突然お電話してすみません」

半田さんの苛立《いらだ》つ声を聞いて、いくらか冷静さを取り戻す。ついテンションにまかせて電話をしてしまったが、さすがに非常識な時間すぎただろうか。

でも、今日言わなかったら心がブレてしまいそうだった。

「それでですね、暫《しばら》く取材をしたいと思いまして……」

「ああ、ペンションの記事か」

「ここに住み込みで取材したいと思っていまして……有休も残っていますし……」

おそるおそる聞いてみる。また怒られることを覚悟していたが、どうしても今回は最後まで諦めたくなかった。

「分かった。満足できるまでやってこい」

返ってきたのは二つ返事の「分かった」という言葉だった。

「え？　本当にいいんですか？」

「同じことを二度言わせるな！」

「は、はい」

「でもな、定期報告はちゃんとしろよ。じゃあ俺は寝る！」

「あ、あの……」

「なんだ？」

電話を切りたさそうな半田さんを慌てて呼び止める。

「ありがとうございます。頑張ります」

「ああ、頑張れよ」

その言葉を最後に、電話は切れた。

明日から僕もファーストライトの一員として仕事の手伝いをする……ペンションの従業員として働くのは初めてだし、不安がないといえば嘘になる。

でも、僕に星空の素晴らしさを思い出させてくれたこのペンションをもっと知りたい。

不安以上に僕はワクワクするのを抑えられずにいた。

――20XX年　○月×日。

『ファーストライトってご存知ですか？』


随分と久しぶりのブログ更新になります。って、ブログを書く度にこの挨拶から始まってますね（汗）。

今、僕は目が覚めた気分です。ぜひそのきっかけになった宿を皆さんに知ってもらいたいと思ってこれを書いています。

このペンションを深く知りたくて……思わず休みを取って住み込みで働いてしまうくらい、このペンションに惹《ひ》かれているんです。


その宿の名はペンション「ファーストライト」。

ここはお客さんの『第二の家』を目指しているそうです。

来訪した瞬間、「おかえりなさい」って言われました。

ビックリです。

突然言われたらビックリしますよね？

僕も最初は驚いたんですが、これはこのペンションにお客さんがやってきた時の挨拶だそうです。なぜなら、このペンションのコンセプトは『居心地の良い家』――家に帰ってきて、家族に言ってもらえる最初の言葉が「おかえりなさい」だからなんです。

そう聞くと納得できますよね。もちろん、帰る時の言葉は「いってらっしゃい」です。

なんだか温かみを感じますよね。料理も家庭的で美味《おい》しいですし、大きな風呂もあって……ってこれじゃよくある宿の紹介と同じですね。

僕が本当に紹介したいこのペンション最大のポイントは『星空』です！

これはこの宿に来なければ絶対に味わえない、大事なポイントです。

夜空をふと見上げれば「うわっ！」と叫びたくなるような満天の星。手を伸ばせば届きそうなくらい、星を身近に感じられます。

まさに落ちてきそうなぐらいの「星降る夜」です。

星座を結ぶ……星と星を繋いで星座を作ることをこう呼ぶんですが、肉眼で見ているのに星の数が多すぎて結ぼうとしても結べません。まさに日本一の『満天の星』が感じられるペンションなんです。

ダイナミックな星空を見たい人、仕事に疲れた人、夢を諦めてしまった人……ぜひ、このペンションに来て星を感じてください。きっと何か変わります。

部屋から見える星も最高です。窓際のベッドで寝転がりながら見るもよし、ベランダに出て夜空を見上げるのもよしです。あとここの美人オーナーさんに聞いたところ、天体望遠鏡や双眼鏡を借りられるサービスもあるそうなので天体道具を持っていない人も安心ですよ。

あ……でも天気が悪かったらどうするのか？　せっかく星を目当てにこのペンションに来たのに、雨で台無し……そんな心配は無用です。このペンションには、とてもユニークに……いえ、丁寧に作られた手作りプラネタリウムがあります。きっと感動しますよ。

廊下の壁にも見事な星景写真が飾られていて、ペンションのどこにいてもいつでも星を感じることができるようになっています。

「もし星が見えなかったとしても星は見えないだけで必ずそこにある」……ペンションのオーナーさんは僕にこう言いました。

僕はこの言葉で、忘れていたものを取り戻しました。

心が疲れて自分の中の大事な星を見失いそうになった時……そんな時は、ぜひこのペンション『ファーストライト』に来てみてください。きっとあなたも素敵な星に出会えるはずです。

そうそう、皆さん、この『ファーストライト』という言葉の意味をご存知でしょうか？ 天体望遠鏡で初めてテスト観測することを、ファーストライトって言うんです。初めてのレンズで天体観測をした時の純粋で新鮮な気持ちを思い出せてくれるような、そんな想いがこの名に込められているのかもしれません。

僕はこの宿にぴったりのネーミングだと思います。

初めて何かを始めた時の熱い気持ち、夢、希望……それらを忘れてしまったのなら思い出せばいいんです。

……すみません、演説みたいですね。つい熱くなってしまいました。でもそれくらい魅力あるペンションなんです。

このペンションで見た星空を、僕はずっと忘れません。

記念に今日の星空を撮ったのでアップしました。どうぞご覧ください！　……って携帯の写メだとうまく星が写らないんでした……。

ということで、皆さん、今回は僕のこのブログからイメージして心の目で見てください。

また、この続きは、近々お届けします。楽しみにしていてくださいね。

それでは、またファーストライトで！

【第三章】　双子座の孤独なカストル

大自然の新鮮な空気。暖かい日差しが眩《まぶ》しい朝。

ファーストライトでの勤務初日は、そんな朝だった。

「天野さん、今日からよろしくお願いします」

「こちらこそよろしくお願いしますね、宇田川さん」

なんとか一晩中拝み倒し、志保さんが根負けする形でひとまず働きながら記事を書かせてもらえることになった。

志保さんにその他のスタッフを紹介してもらう。と言ってもあまり人数は多くないようで、あっという間に挨拶は終わってしまった。

スタッフはみんな優しそうな人で、すぐに馴染《なじ》めそうだ。一番話しやすいのは龍生くんだが、彼は別の仕事をしているのか今日はまだ見かけていない。

まだペンションの仕事は半人前以下だが、精一杯やってみよう。そして、このペンションと星空を世に伝えるんだ。

「天野さん、次は何をしましょうか？　なんでもします」

「うーん、なんだか少し固いですね」

「え、固い……ですか？」

「『天野さん』って呼ばれるのに慣れていなくて。私のことは下の名前で呼んでください」

「志保……さん……でいいんでしょうか？」

「はい」

「じゃあ、僕も下の昴太で呼んでください」

女性をファーストネームで呼ぶのに慣れてないので、なんだか照れてしまう。しかしそんな僕よりも過剰反応したのは、いつの間にか現れた龍生くんだった。

「おい、いきなり下の名前で呼ぶなんて馴れ馴れしすぎるだろ」

「いいのよ、私がお願いしたんだから」

「俺は反対だ！」

「じゃあ、なんて呼べば良いのよ？」

「そりゃ苗字で……天野さんとか」

「それじゃあんたと区別つかないでしょ？」

「じゃあ、俺は『タツ』でいいぜ」

「タツ？」

「俺のバンドでの名前。もちろん『さん』は付けろよな」

「はいはい、却下」

「えー、なんでだよ」

「……」

僕は何も言えなかった。仲の良い姉弟のやりとりにはまだ入り込めない。

龍生くんは志保さんの呼び名に関して、納得できていない様子だった。

でも、確かに天野さんが二人では呼びづらいので、僕は再確認を込めて二人にもう一度問いかける。

「じゃあ……志保さん、龍生くん、でいいかな？」

「はい、昴太さん」

「……姉貴がいいって言ったからって調子乗るなよ？　先に言っとくけどな、俺はお前の先輩だぞ。呼ぶ時は先輩と呼べよ。あと敬語な」

「龍生！」

「いいだろ、俺の呼び方くらい俺が決めても」

こういってはなんだが、生意気な弟ができたような気分だ。まぁ、ちょっと生意気すぎるような気もするけど……。

「よろしくお願いします、龍生先輩」

「お、おう。よろしくな」

自分で呼べと言った割に、まだ彼も先輩慣れしていないようだ。

「龍生……もしかして嬉しいんでしょ？」

「う、うるせーな。別に喜んでなんかねーよ」

なんというか、彼には裏表がないようだ。

「後輩ができて、まんざらでもないって感じの顔してますね」

「おい、調子に乗るなって言っただろ」

「龍生！　あんたは昴太さんよりも年下なんだから敬語を使うのよ」

「ええ、マジかよ？」

何か言いたそうな龍生を、じろりと志保さんが睨む。

「よろしくお願いします昴太、さん……」

「こちらこそよろしく。龍生先輩」

しぶしぶ手を差し出してくる龍生くんに、僕も握手で応じる。よろしくしたくない気持ちがありありと伝わってくる握手だった。

「でさ。昴太……さんの仕事はどうするんだ？　言っとくけど、ここには働かないゴク潰しはいらないぜ？」

「なんでもやります。……やらせてください！」

「俺は教えないから、見て覚えろよ？」

前途多難のようだ。そんな僕に救いの手を出してくれたのは志保さんだった。

「昴太さんには……コンシェルジュを担当してもらおうと思っています」

「コンシェルジュ、ですか」

コンシェルジュとは、いわゆる『なんでも屋』だ。宿泊客の要望に応えることを信条としていて、究極のパーソナルサービスとも言われている。その内容といえば、宿泊客の失くしてしまった物探しから、美味しい料理店の紹介、お土産《みやげ》のチョイス、近隣の観光地紹介など多岐《たき》にわたる。あらゆる知識を駆使して宿泊客の要望に対応する必要がある重要な仕事だ。

「あの、コンシェルジュだと総合世話係の龍生くんと被ってしまいますが、いいんでしょうか……？」

「あ？」

「あ、昴太さん。しーっ」

「え？」

「それじゃあ俺の仕事と被るじゃねえか！」

どうやら藪蛇《やぶへび》をついてしまったようだ。こんな時、すぐに機転を利かせ言葉が出てくる志保さんは流石《さすが》だ。

「じゃあ……昼はあらゆる雑用を、夜にはお客様のリクエストがあれば、ここから見える星を詳しく紹介する……そうね、『星のコンシェルジュ』なんてどうかしら？」

「それなら俺と仕事が被らないな」

「はい！　星に関することなら任せてください！」

気を使ってくれた志保さんのためにも、期待に応えられるよう頑張らなければ。

それにしても……あのペンション内に飾ってある星に関するアイテムは誰が揃えたんだろう？　二人の趣味でないのならお父さんかお母さんなのだろうか？

しかしそんな疑問について尋ねる暇はなく、志保さんが僕の仕事について説明を始めたので僕は忘れないようにメモを取る。

「――という感じで、通常の業務も手伝ってください。例えばチェックインが十四時なので、それまでに部屋の掃除やお客様をお迎えする準備を終える必要があるんです。それを手伝ってもらいます」

「はい」

「各部屋を一通り掃除するだけでも結構な作業だと思います。手を抜かず頑張ってくださいね」

「分かりました。隅々まできっちり清掃します」

「ゴミ捨て、掃除機掛け、ベッドメイキング、お風呂場の清掃とセッティング、まずはこれらの作業に慣れてもらいたいです」

「あっ、待ってください。メモが追いつかなくて……掃除一つとっても大変ですね」

「はい。お越しいただいた全てのお客様に喜んでいただくためには努力は惜しめませんので。質問などあったらなんでも言ってくださいね」

「はい、頑張ります」

お客様のために、か……。こういった見えない努力があったんだな。

僕はいつもそういう気持ちを持って仕事していただろうか？　ここに来て何度も、忘れかけていた大切なことを思い出させてもらっている気がする。

仕事柄、客としてホテルなどを利用することは多かったが、スタッフ目線になるだけで自分の知らないことがいかに多いかを痛感させられる。

「……あと掃除があまり忙しくない時はキッチンの手伝いもお願いしますね」

「恥ずかしながら、料理はできないのですが大丈夫でしょうか……」

「大丈夫。食器のセッティングやお皿洗いですから」

「それなら、僕でも手伝えそうです」

自分が得意だったり好きだったりすることばかりやってたんじゃ申し訳ない。自分にやれることは精一杯やらなくちゃ。

その他にも分かりやすくテキパキとした的確な指示を出す志保さん。彼女は仕事ができる人なのだと分かる。

「説明が分かりやすくて、とても助かります」

「褒めても仕事は減りませんよ？」

「そんなつもりじゃ」

「ふふ、とにかくお願いしますね」

「冗談なんて人が悪いですね、ははは」

すると突然、龍生くんに肩を組まれた。

「……おい、調子に乗るなよ？」

志保さんといい雰囲気で話していたところをまたもや龍生くんに耳打ちで釘《くぎ》を刺されてしまう。彼の頭の中は本当に志保さんのことばかりのようだ。これが俗に言うシスコン……というやつだろうか。これは絶対に口には出して言えないけど。

「分からないことはすぐに龍生に聞いてくださいね」

「面倒だ……」

龍生くんはそう口では悪態をつきながらも、僕が質問したら答えてくれる気はあるらしい。やっぱり中身はいい奴……なんだろう。

こうしてファーストライトでの初ミーティングは終わった。気配りができる志保さんと、なんだかんだいって面倒見の良さそうな龍生くん。

今日一日が不安でありながらも、新しい仕事と環境に僕は少しワクワクしていた。

＊＊＊

「はい、今すぐ！」

……どんな仕事も困難を伴う。

ファーストライトでの勤務初日、先ほどまでのワクワクはどこへやら。早くも僕は自分の無力さを痛感していた。

「宿泊客の水野さんがシャンパンを持ってきてほしいそうです」

「あ、はい！　すぐ持ってきます」

僕はこの数時間、ペンション中を駆け回っていた。次から次へと仕事が降ってきて、一休みする間もないほどだった。

食材の調達で麓まで買い出しに行かなければならないし、想像以上に動き回る仕事だった。

「えーと、シャンパンはどこでしたっけ？」

キッチンで料理中の志保さんの手を煩わせる訳にはいかない。雑用は全て僕が引き受けるつもりだった。

「おい、そこ」と龍生くんが指差してくれる。彼は不満を言いつつも、困っていたら助けてくれるし、聞いたことには答えてくれる優しさがある。

初日とは言え、足を引っ張るわけにはいかない。

「ここ最近、シャンパンの減りが早いな」

「シャンパンって料理でそんなに使うものだったんだ。知らなかった」

その言葉に、ふと龍生くんがツッコむ。

「違うって。水野さんが一人で呑《の》みまくってるんだよ」

怒ったような口調だけど、なんだかんだで龍生くんはいつも丁寧に仕事を教えてくれる。

「彼女はここのところ毎週来てくれるんだけどよ、とにかくシャンパンを頼む量が半端ないんだ……姉ちゃんも困っててさ」

どうやら曰《いわ》くつきの宿泊客のようだ。

シャンパンの減るペースを見て龍生くんが舌打ちする。

「そのお客さん、そんなに呑むんですか？」

「先週は七本は呑んでたかな」

「……すごい。酒豪なんだ？」

ちなみに僕は全く飲めない。そんな下戸からするとシャンパン七本は恐ろしい本数に感じられる。

「いや、いつもベロンベロンに酔ってるよ。あんなに呑まなきゃならないなんて、なんか嫌なことでもあるのかもな」

「うーん……頻繁に来てくれるお客さんなら嬉しいけど、それは、ちょっと心配だね」

「まぁな」

「僕が理由を聞いてみようか？」

「はあ？　何言ってんだ！　絶対やめとけよ。言いたくないことかもしれないだろう。ここには癒されに来てるんだぞ？」

「あ！　そ、そうだよね……」

そうか、楽しく旅行している人もいれば、傷心旅行の人だっているんだ。危なかった。龍生くんに言われなければ、僕は他人の心にズカズカ入り込むところだったのかもしれない。難しいな、コンシェルジュは。

「またケンカしてるの龍生！」

「ちげーよ！」

料理をしながら志保さんも会話に加わってくる。彼女は同時に物事を複数こなせる人だ。

「それならいいけど……。何か困ったことでもあったんですか？」

「あの、水野さんって、どんなお客様なんですか？」

彼女と接したことはまだないので、どんなお客様なのか知っておこうと思って聞いてみる。

「最近、土日になると毎週来てくれるんです」

「毎回シャンパンを呑みまくってはベロベロに酔っぱらってるって話をしてたんだよ」

「お客様にはお客様の事情があるんだから、悪く言ってはダメよ」

「そんなんじゃねーよ。ちょっと心配だなってことだよ」

やっぱり龍生くんは志保さんには弱いらしい。

「そうね……私も心配だわ」

志保さんと龍生くんは深い溜め息をつく。

「そ、そんなに酔っぱらっているなら、シャンパンをお渡ししていいか迷いますね」

お客様の要望には原則NOと言わないのがコンシェルジュ。しかし、お客様の要望全てに応えることが、本当にお客様のためになるのだろうか？

「そうね。お客様だけど、さすがに……」

「俺も止めたことあるけど、客が欲しいって言ってるのに、このペンションでは出さないの坊や？　って言われちゃって……こんな苦いものの何がいいんだろうな」

どうやら龍生くんはアルコール全般が苦手のようだ。

「もしかして龍生くんって未成年？」

「おい、龍生くんって呼ぶな。龍・生・先・輩・だ！　それに、未成年じゃねー！　この前二十歳《はたち》になったっての！」

龍生くんは相変わらず、ケンカ腰だった。

このぎこちない言葉の応酬も、もう少し距離を縮めて話せたらいいのにと思う。

シャンパンを用意しながら、正直気の進まない仕事に溜め息がでてしまう。

「なんだか、水瓶座《みずがめ》にでもなった気分です」

「水瓶座？」

「なんだそれ。どんな気分なんだ？」

龍生くんが食器を洗いながら茶々を飛ばす。

「無理やりお酒を注げと言われるシチュエーションが、水瓶座の神話にそっくりだなあと思って」

「どういうことだよ。詳しく聞かせてくれよ」

乱暴な聞き方だけど、星座のことに興味を持ってもらえるのは正直嬉しいので、つい話してしまう。

「ある日、美少年のガニメデスが、ゼウスという偉い神に強引に神殿に連れていかれ、酒を注ぐ役目にさせられちゃうんだ。この役目になったら、もう二度と元の家には戻れない」

「なんだよそれ。横暴じゃねーか！」

　龍生くんが『横暴』と言うと、ツッコみたくなるが、僕は無視して続ける。

「……急に息子を神殿に連れていかれたガニメデスの両親は悲嘆に暮れてしまうんだ。そこでゼウスは、彼の両親がいつでも息子の姿を見られるようにと、お酒を注ぐ彼の姿を星座にしてあげたんだ。それが、水瓶座の神話」

「……すげー良い話だな」

　こういう反応を見ると、本当に龍生くんは純粋だなぁと思う。

「……それでガニメデスの問題は解決したことになるんでしょうか？」

　志保さんの冷静なツッコミ。確かに解決したわけではない。星座の神話とは、結構ひどい話が多い。

「えーと……解決していません……」

「なんだよそれ、期待しちゃったじゃねーか！」

「え？　あ、ごめん」

「はい、それじゃお喋りはこれくらいにして、二人とも仕事に戻ってくださいね。今日は他にもまだたくさんあるんだから」

「はい……」

　と、いうわけで僕はシャンパンを片手に水野さんのもとへと向かう。

――ガニメデスは酒を注ぐ役目にされて、もう二度と元の家には戻れなかった……。

……さっきの話を思い出したからか、なんだか変な気分だ。

少し龍生くんたちと雑談して気が緩んでしまったかもしれない。僕は頬を叩き、気合いを入れる。

相手はゼウスでもあるまいし、すぐに戻れるに決まってる。

話題の人、水野さんはロビーで一人、お酒を呑んでいた。

「お持ちしました。シャンパンです」

「遅かったじゃない」

気怠そうな返事が返ってくる。

「お待たせして申し訳ございません」

「早く注いで」

既に机の上には空になったシャンパンが四本。

彼女の赤く上気した顔からも、既にかなり酔っているのが分かる。

「二本持ってきてってお願いしたのに、なんで一本なの？」

「あの……お客様、大変恐縮ですが、そろそろお酒はお控えになったほうがいいと思われますが……」

「は？　いいじゃない。私が呑みたいんだから、私の勝手でしょ。客がそう言ってるんだからいいでしょ」

　やっぱりそう言われるのか。

「はい、そうですが……」

　拒否権はなさそうだ。お客様は神様だ、コンシェルジュはＮＯと言ってはいけない……そう言い聞かせながらグラスにシャンパンを注いでいく。ガニメデスもきっとこんな気持ちだったのだろう。

「あなた、初めて見るけど？」

「はい、今日からこちらで働くことになった、宇田川と申します」

「ふーん、そういうこと。いつもの子は私のこと嫌いになっちゃったのね」

　いつもの子？　……ああ、きっと龍生くんのことだな。

「いえ、天野は今、別の仕事をしていて手が離せず私が代わりに参りました……」

「ふーん、天野っていうんだあの子……まあいいわ」

　そう言いながら水野さんは、一気にグラスのシャンパンをのどに流し込む。

「もう一杯」

「えーと……」

僕は、話題をそらすために、つい質問をしてしまう。

「あの、お客様はお酒がお好きなんですね？」

「……別に、呑みたくて呑んでるわけじゃないわ」

「え？　どういうことですか？」

「……いいわ、教えてあげる。あんた、そこに座りなさいよ」

「えっ」

「私の言うことが聞けないっての！」

「は、はいっ！」

絡み酒、というやつだろうか。遠くで龍生くんと志保さんがこちらの様子を窺《うかが》っているのが見えた。

きっと二人とも水野さんを心配して見に来たのだろう。二人のためにも問題をなんとか解決してあげたいものだ。

「ちゃんと聞いてる？　よそ見してるんじゃないわよ」

彼女はきっと話を聞いてくれる人間であれば誰でも良いのだろう。

でも、それで少しでも彼女の抱えてるものが軽くなるならば。

「はい。聞いております」

「……固いわね。あんた」

彼女はそこで初めて僕の目を見た気がした。

「私の彼……もう元彼だけど、あんたとは正反対でくだけた感じの性格なの。ノリはいいけど、たまにふざけすぎて周りに迷惑かけちゃう感じ」

僕は頷きながら、静かに耳を傾ける。

「彼と出会ったのは偶然。飲み屋さんの外で会ったの。私が二十歳の誕生日、これでお酒が飲めるんだ、と思ってつい飲みすぎちゃってね」

「僕もその経験あります」

「あんた見かけによらず、バカなのね」

過去を思い出す水野さんは少し楽しそうで、どこか寂しそうに見えた。

「私は飲み過ぎて外で倒れちゃったの。急性アルコール中毒ってやつだったみたい」

「え……大丈夫だったんですか？　ってここにいらっしゃるなら大丈夫ですよね」

「ええ。私が目を覚ました時は病院のベッドの上。道で倒れていた私を運んでくれて、ずっと見守ってくれてたのが彼だったんだ」

「優しい彼氏さんですね」

「そうね……おかげでコロッと騙されたわ」

「騙された」という言葉通り、彼女が素敵な思い出を語ろうとすればするほど、これから待ち受ける悲しい物語への予感が強まった。

今、彼女が酒に溺《おぼ》れている時、それを止める彼が隣にいないことが物語っている。

「七年付き合って……終わるのは一瞬」

「……」

かける言葉が見つからなかった。

「大事な話があるって言われて……私は間抜けにも、もしかしてプロポーズかもって浮かれて会いに行ったの。そしたら、それが別れ話だったなんて笑えない冗談よね」

「は、はい……」

「彼の方にもう気持ちはなくなってても、私は未練たらたらで……泣きながら別れたくないと言ったんだけどダメだった」

その時の気持ちを思い出したのか、水野さんの瞳が潤《うる》み始めたので僕は目をそらした。

「辛いですね……」

「でもね……」

彼女は話すのをやめない。

「この話にはね。まだ続きがあるの」

「続き……ですか？」

「私には双子の妹がいるんだけど、その子が今度結婚することになったの」

「おめでとうございます、もしかしてこのペンションで結婚式を？」

「全然違う！」

その剣幕に少しびっくりした僕はすぐに謝罪する。

「す、すみません」

「……ここでクエスチョンです」

「クイズ、ですか？」

「その結婚相手は誰だったでしょう？　分かる？」

深く考えるまでもない。彼女の物語に登場する女性は、残り一人しかいない。

「……」

けれど僕は答えられずにいた。

「時間切れ……妹の結婚相手は私の彼氏だったの」

「そう……だったんですね」

姉妹の、それも双子の妹と付き合うために別れるとは……僕はその男の人にあまり良い印象は持てなかった。

「彼が別れたいと言ったのも、妹と付き合いたかったからだったの。妹も妹よ……二人とも私と仲良くするふりして、陰では笑ってたのよ！」

「そんなことはなかったんじゃないでしょうか」

「あんた、知ってるの？」

「いえ……す、すみません」

「知らないなら口挟まないでよね！」

彼女が求めてるのは意見ではなく相槌《あいづち》なのだと分かった。

自暴自棄、情緒不安定。

きっと水野さんにはこの頭上の美しい星空も見えていないのだろう。

「あれから何度か妹が何か言いたそうにしてたけど、無視してやったわ。だって言い訳なんて聞きたくないもの……分かるわよね？」

「……」

どんな相槌を打てば彼女の悲しみは紛れるのだろうか。

……分からなかった。

「大好きな彼も、妹も全部失くしたの。信じてたのに……もう何を信じればいいか分からない」

一体どんな気持なのだろうか。水野さんの心の奥はいくら考えてもやっぱり僕には想像できなかった。

「次のクエスチョン。これなーんだ？」

「お手紙……ですか」

「ブー、不正解というか半分正解」

「えーとですね……では」

彼女が取り出したのは、彼女宛ての封筒だった。それも丁寧に手作りされた感があり、大事な内容が書かれたものだと想像できる。

ちらっと見えた、裏側の差出人のところに「水野」という文字があった。……ということは。

「結婚式の招待状、でしょうか？」

「ピンポーン。正解よ。綺麗なもんでしょ？」

やっぱり……妹さんからの招待状だったのか。クイズに正解したのに、とても喜べない。ただ、一つ気になることがあった。

「封は開けられていないんですね」

「当たり前でしょ⁉ どんな顔して、あの二人の結婚式に出ろって言うのよ！ 私のことをバカにしてるの？ 手紙も入っているみたいだけど、何が書いてあるか分かったもんじゃないわ」

なんだか面と向かって言われると、僕が怒られているようで悲しい気分になる。いや、本当に悲しいのは水野さんなんだ。せめて僕は明るく接しないと。

「あの、でも、お姉様に祝ってほしかったんじゃないでしょうか？」

「よくそんなことが言えるわよね！」

彼女はテーブルを叩く。今、最も彼女が聞きたくない言葉を言ってしまったようだ。

「すみません……」

「あんたも妹とおんなじ。相手の気持ちなんて分かってないでしょ？」

水野さんの声は、泣くのを堪えるように震えていた。

「……すみません、僕には分かりません。でも、水野様が深く悲しんでいて、お酒でそれを紛らわしたいのは分かりました。僕なりに力になりたいんです」

「私から奪っておいてよく言えるわね」

「すみません」

完全に僕を妹さんと重ねている。水野さんがかなり酔っている証拠だ。

「すみません、すみませんって……こんな話してもあんたには分からないわね……じゃあ、早く注いでよ」

これ以上呑ませるのは良くない。分かっている……だからこそ。

「えーと……申し訳ございません。これ以上はお注《つ》ぎできません」

「あんた、何様？　何言ってるか分かってる？」

「私はコンシェルジュです……だ、だから、困っているお客様にはお手伝いしてお客様を喜ばせるのが仕事ですので」

「じゃあ、あんた正反対のことしてるじゃない」

「そう……なんでしょうか」

「聞き返さないでよ！」

彼女は気分を害したのか、そっぽを向いてしまった。

こんな時、志保さんならどうするのだろう？　龍生くんならグイグイ相手の心の中に入っていけるのだろうか。

何か僕にできること……何か、僕にしかできないこと……。

片手に持ったシャンパングラスが目に入る。お酒を注ぐ水瓶座のガニメデス……そうだ、星座だ。僕は星の知識でならば誰にも負けない。

僕は星のコンシェルジュ。彼女には星空を見て、笑ってほしい。

「水野様。一つ、私もクイズを出させていただいてもよろしいでしょうか？」

クイズという言葉に水野さんがピクリと反応する。

どうやら彼女はクイズが好きなのようだ。

「なんでそんなこと私がしなきゃならないの？」

「すみません。いい問題を思いついたのでつい……」

「……ま、聞くだけならいいけど」

食いついてくれた。僕は慎重に言葉を選びながら、彼女にルールを説明する。

「ありがとうございます。では、今から私がこのシャンパンに関するクイズを出します。もし水野様のお答えが正解でしたら、このシャンパンは無料とさせていただきます」

「ふぅん」

「さらに、本日のお会計も無料、さらに、これから注文されたものも無料とさせていただきます」

「すごく太っ腹ね」

「でも答えられなかったら、お酒のオーダーはここでストップ、ということでいかがでしょうか？」

彼女が断ればクイズは成立しない。表には出せないものの、内心では不安を隠すので精一杯だった。

「ふーん……おもしろいじゃない。いいわよ、乗ってあげる」

「ありがとうございます」

水野さんは乗り気のようで助かる。

「私、クイズ得意なの。なんだって答えられるわよ」

「なんだってとは凄いですね」

「ええ、昔よくテレビでクイズ番組を観てた時、妹と勝負を……やってたから……」

触れてはいけないところだったかもしれない。でも、僕はあることに気づいてほしくてクイズ問題を出し始める。

「それでは、問題です。水野様が本日お飲みになっている『シャンパン』はワインの一種です。その語源は……」

「そんなの知ってるわよ！　シャンパーニュ地方で製造された発泡ワインにのみ許される呼び方でしょ？」

「はい、その通りでございます」

「じゃあお代は――」

水野さんは嬉しそうに微笑む。その遥か後ろのほうで龍生くんが頭を抱えている。

「まだ問題の途中です。最後まで言ってもいいですか？」

「え？ あ、そういうひっかけってこと？ ……言っておくけど、フライングで負けとかそういうルールはなしだからね」

「勿論《もちろん》です……それでは、シャンパンの語源はシャンパーニュ地方で製造されたからです。そして、シャンパーニュ地方ではシャンパンの泡を星に見立てて、シャンパンを呑むことを――」

「星を飲む、というのよね」

「よくご存知ですね」

「やったー！」

水野さんはガッツポーズをする。僕の提案が聞こえたのだろうか。離れたところにいる龍生くんたちは焦り出し、おもむろに相談を始めていた。

そう、でも、まだこれは問題の途中だ。

「まだ問題文を最後まで言っていませんので続きをよろしいでしょうか？」

「ちょっと！ もしかして私が不正解するまでずっと問題の途中と言い続けるつもり

じゃないわよね？」

「め、滅相もありません。あと少しですので、もう少々お付き合いいただけないでしょうか」

「なら、いいけど……」

「では続きを……。水野様が仰る通り、シャンパーニュ地方ではシャンパンを呑むことを星を飲むと言います。それでは……」

「やっと問題ってことね」

「はい」

返事をし、僕はシャンパングラスにシャンパンを注ぐ。グラスは黄金色の美しい液体で満たされる。

「それでは、このグラスの中にある泡の数はどれくらいでしょうか？」

シャンパングラスの底からは無数の小さな泡が生まれては消えている。黄金色の液体の中を上昇する無数の泡はキラキラしていて、とても綺麗だった。

「うーん、なかなか難しい、わね」

水野さんは目を細めシャンパングラスを凝視する。

「シャンパンの気泡って不思議ですよね？　よく見てみると、この夜空に散らばる星《ほし》屑《くず》のように見えませんか？」

「まぁ……そう言われてみれば」

そう言って、水野さんは空を見上げた。

「確かに……綺麗ね」

良かった。この星の美しさを水野さんにも伝えることができた。僕は少し饒舌《じょうぜつ》になっていた。

「あの星が綺麗で幸せな気持ちにしてくれるように、このグラスの泡も幸せの象徴です。この泡一つ一つにも幸福が詰まっていると言われてるんですよ？　ご存知でしたでしょうか？」

「ふうん……幸せね。見たところ、すごい数ね」

初めは肉眼で泡を数えようとしていた水野さんは、すぐにそんなことは無理だと悟る。

「ヒントは？」

「え？　あ、はい。えーと、これだけでは分かりにくいですよね。では、もう一回夜空の星をご覧になってください」

「見たって分かるわけないじゃない。何億も数えられないわよ」

「そうですね、夜空の星は肉眼では数え切れません。それに、一つ間違えていらっしゃいます」

「え？」

「肉眼で見える星はせいぜい六等星までです。見える数には限度があります。どんなに目を凝らしても４０００個を超えることはないと言われてますね」

「４０００個以下ってことね。そこから先は推測しろってことね」

「えーと、どうでしょうか？　私に言えるのは夜空と見比べてください、ということだけです」

　僕の声が届いているのかいないのか、水野さんは夜空とシャンパンの泡とに交互に目をやり真剣に見つめている。

「それにしても、すごい星空ね……忘れてた」

「忘れてた？」

「ここ、昔来たことあるの、妹と」

「え、あ、そうでしたか」

「星が綺麗だったね、って言った気がする。もうずっと昔のことだけど」

　偶然だった。まずいことを聞いてしまったかもしれない、と少し思ったが、ここまで来たらもう止まることはできない。

「でも……ご姉妹で旅行なんて素敵な思い出じゃありませんか」

「昔はね……」

「え、えーと、そろそろ、シンキングタイムは終了です。答えはお決まりになりましたか？」

僕は水野さんに解答を求めることにした。

「このグラスの中にある泡の数はどのくらいでしょうか？」

「じゃあ……1000、かしら」

「1000ですか。本当に、よろしいですか？」

「うーん。ちょっと待って……えーと、やっぱり3000で……」

「それでよろしいですね？」

「……ええ」

僕にとって理想的な解答だった。

「残念、不正解です……。正解は……なんと2億以上です」

「2億⁉」

予想を遥《はる》かに上回る数字に彼女はビックリしていた。今夜、ずっと悲しげな顔をしていた彼女の素の表情が見られた気がする。

「凄いですよね。ここから見える星全てを合わせても足りないくらいの泡が、グラスの中にあるんです。泡一つ一つが幸福を示しているなら、グラスの中には数えきれないほどの幸福があることになります」

「さっきのはひっかけだったってことね、ずるいじゃない」

「いえ、私は、ただ空を見上げて見比べてみてください、とお伝えしただけです。夜空の星の数とシャンパンの泡の数、どちらが多いとは申しておりません。」

「確かにどちらが多いとは言ってなかったかもしれないけど……あんたのこと『素直』って言ってたけど、あれ訂正！」

「ええええ？　そ、そんな！」

「ふふ」

初めて彼女の笑顔を見た。この人、こんな風に笑える人なんだな、やっぱり。

「分かった。私の負けでいいわ」

「すみません」

なぜか謝ってしまう僕。でも、思いがけない彼女の笑顔が見られて良かった。

「それにしても多すぎじゃない？　こんなグラスの中に本当に2億もあるの？」

「はい。そうらしいです。昔、ある研究者がグラスの中の泡を数えたことがあって2億5000を超えていたそうです」

「へぇー、変な人もいるのね」

「幸せの数を数えてみたくなったのかもしれませんね」

「あんた、そんな気取ったことも言うのね」

「え？　そうですか？」

「嫌いじゃないけど」

また何かまずいことを言ってしまったのかと少し肝が冷えたが、違っていたようだ。

安心した僕は空を見上げて水野さんに語りかける。

「あ、そういえば水野様も仰っていましたが、ここの星空は綺麗ですよね。夜空の星も肉眼で見えるものは4000個でも、見えない星はそれこそ2億個は下らないそうです」

「それがヒントだったってわけね」

「すみません。水野様のお食事代と私のクビがかかっていたので少し難しい問題にさせていただきました」

「やっぱり捻くれてる」

恨みがましい目でこちらを見る水野さんだが、初めて会った瞬間とは少し変わって明るく見えた。

「私はこのペンションに来て教えてもらったことがあるんです。星は見えない時もあるけれど、必ずそこに輝いてると。それを水野様にお伝えしたかったんです」

僕は意を決して伝えたかったことを言う。

「そのお手紙……お読みになってはいかがでしょうか」

「……」

返事はなかった。どうやら彼女は察したようだ。

お節介かもしれないし、出過ぎた真似《まね》かもしれないとは思った。でも彼女がファーストライトのお客様で、僕が星のコンシェルジュである以上、彼女は家族だ。

「水野様はそのお手紙と招待状を捨てても良かったんです。でも、捨てなかった……それどころか、綺麗なまま持っていらっしゃる。……それは妹さんのことを大切に思ってのことだったのではありませんか？」

「あんたに言われなくたって何度も読もうと思ったわよ……でも、もしこの手紙に、嫌なことが書かれてると思ったら……」

「大丈夫です。私が一緒にいますから。もしも……ですが、嫌なことが書かれていたら、お好きなだけ愚痴ってください。ずっと聞いてますから……だから、読んでいただけないでしょうか」

ファーストライトはお客様にとって『第二の家』。スタッフはお客様にとって家族。僕にできることはこんなことくらいだけど。

「信じましょう。妹さんはお姉さんのことを本当に大事だと思っているからその招待状を送られたんだと思います」

「……」

水野さんは、微かに震える手でゆっくりと封を開いた。

最初は恐る恐る読み始めた手紙だったが、一枚目、二枚目と中を読み進めるほどに瞳が潤んでいくように思えた。

「……ごめんなさいと、ありがとう、ばかり……」

彼女の声は震えていた。

「……あの子も……こんなに苦しんでたのね」

文面を見るつもりは毛頭なかったが、ふとした拍子に『大好きなお姉ちゃん』という単語だけが見えた。

それだけで充分だった。

やがて、涙も乾かないうちに彼女は言った。

「ねえ。シャンパンをもう一本もらえないかしら」

「え？　あの、これ以上は……」

「違うの。あの子へ……あげようと思って……」

「申し訳ございません。勘違いしておりました。喜んでご用意いたします。少々お待ちください」

その場から去る際に彼女をちらっと見る。

水野さんは、その手紙を愛《いと》おしそうに抱きしめていた。

＊＊＊

翌日。

水野さんを見送る時間はあっという間にやってきた。

「なんか、寂しいですね。せっかく打ち解けたのに」

「こればっかりは仕方ないですよ。それでもお客様がチェックアウトする時は、必ず笑顔でお願いしますね」

去ってしまう。

基本的にお客様との関係は一期一会で、彼らは楽しい思い出を作ったらすぐに宿を去ってしまう。

志保さんと龍生くんは、きっと今までにも数えきれないほどの出会いと別れを繰り返してきたのだろう。

「あ、水野様がいらっしゃったわよ」

初めはどうなることかと思ってシャンパンを注ぎに行ったが、気づけば僕が昨夜一番会話をしたお客様は彼女だった。

一晩経って考えてみると、だいぶお節介なことをしてしまったなと反省する。

「あの、……昨日は私が出過ぎた真似をして申し訳ございませんでした。昨晩はゆっくりお休みになられましたか？」

「昨日？　うーん、悪いけど二日酔いで何も覚えてないわ」

「ええ！」

思わず声が出てしまった。

「今度来る時までにシャンパンをもっと用意しておいてね」

啞然《あぜん》とする僕に彼女は舌を出した。

「お客様の要望に応えるのが、コンシェルジュなんでしょ？」

「水野様……」

「今度は二人で来るから」

そういうことか。どうやら一本取られたようだ。

僕のことを捻くれていると言っていたが、水野さんも充分捻くれていると思う。

そんな水野さんに、僕は「ファーストライト」の挨拶で見送る。

「いってらっしゃい。水野様」

「いってきます」

彼女のしっかりした足取りと後ろ姿を見ながら、志保さんは言った。

「さっそく『星のコンシェルジュ』大活躍ですね」

「え？」

「昴太さんのおかげで水野さんが幸せを取り戻すことができたようです」

「そ、そうでしょうか。ありがとうございます」

「また来てほしいですね……でも……」

「ええ。また来てほしいので絶対にお客さんを増やしてみせます。頑張りましょうね」

「はい」

やがて彼女の姿が見えなくなった時、龍生くんが昨日のことを思い出して聞いてくる。

「シャンパンの問題だけど、もし水野さんが正解したらどうするつもりだったんだよ。泡の数が2億個なんて想像もつかないけど、知ってたら答えられる問題だっただろ」

「その場合はシャンパンを呑むだけだよ」

「はぁ？」

「問題は『シャンパングラスの中にある泡の数を答えなさい』なので、シャンパンを飲み干せば泡の数は『0』になる」

「うわっ、ずるい。それインチキ問題じゃねーか」

「楽しんでいただくだけだよ」

もちろん、もしそれで収集がつかなったときは自分で支払うつもりだった。

「龍生は、昴太さんのクイズの本当の意味が分かってないわね」

「……どういうことだよ」

「昴太さんはね、違う意味であの問題を出したのよ。多分、水野さんにここの星空を見上げてほしかったからあの問題を出したのね」

どうやら志保さんには全てお見通しのようだった。

「シャンパンの泡の比較対象として夜空に見える星の数を上げれば、夜空を見上げざるを得ないわ」

「はい。ここの星空を見ているとなんだか悩んでいることが勿体なく思えてきて……。悩んでいることも忘れて、星をずっと見ていたいって思ったんです。だから水野さんにも見上げてほしかったんです」

「なるほど……クイズの正解不正解は大事じゃなかったのか」

すると彼はそっぽを向いて、ぶっきらぼうに言った。

「ふーん、やるじゃん」

そして、不意に後ろから話しかけられ、ドキッとした。

「これからもお客様に幸せを分けてくださいね、星のコンシェルジュさん」

そう言った志保さんに手をそっと肩に置かれ、さらに心臓がドクンと鼓動する。

「は、はい、頑張ります」

そんな僕に龍生くんが声をかける。

「ほんの少しは、見直したぜ」

「龍生くん……じゃなくて先輩」

「先輩なんて呼ばなくていい。あんたの方が年上だろ」

「そっか。よろしく、龍生くん」

少しは認めてもらえたのだろうか。まさか、彼から握手を申し出てくれるとは思わなかった。感動して応じると、その握力の強さに驚いた。

「だけどな……言っとくけど、姉ちゃんの前であまりかっこつけるなよ」

こっちも負けてられない……と思わず握り返す。

しかし真剣勝負の中、志保さんが満面の笑みを浮かべているのが気になった。

「なんだよ姉貴」

「やっと仲良くなってくれたなー、って」

「仲良くないし」

「いや、絶対仲良いでしょ」

そんな志保さんが僕に笑顔で聞いてくる。

「どうでした？　初めての仕事」

「大変だったけど、新しい発見が多くて楽しかったです！」

それは自信を持って言えた。

水野さんを見送る時なんて……「いってらっしゃい」と言いながら、なんだか少し泣きそうになった。

「ここで働いて得た知識や経験もペンション紹介に使えそうですし、記事に書きたいことだらけです」

「そんなに？　ですか？」

「ええ。自分が客として利用するだけじゃ分からなかった、舞台裏のドラマを知ったような、ペンションの良さを改めて実感しました」

「やる気出てますね。もしかしてこのあと、仕事するんですか？」

「はい。今なら、より良い記事が書ける気がするので」

「そう気合い入れておきながら、気がついたらネットサーフィンしているのがパソコン作業での宿命だよな」

「そんなこと、ない……と言い切れないのが痛いな」

「ふふふ」

そんな僕らの様子を見て、志保さんが可笑《おか》しそうに笑った。

――二〇XX年　〇月×日
『双子座の兄弟に捧ぐ』

お元気ですか?

ついにこのブログ初の、連日更新となります。

ペンション、ファーストライト。ここでのスカイウォッチング(星見のオシャレな言い方です)は相変わらず凄いです。

昨日もお客様と星を見ながらお話を楽しみました。


本当にいろいろな星座が見られるファーストライト。

どの星座を語ろうか迷いましたが、今日は双子座について語らせてください。

皆さんは双子座の由来はご存知ですか?

双子座はその名前からも推測できるように、二つの対の大きな星が基になってます。兄の星であるカストル、弟星のポルックス。

この二つの星にはとても悲しい兄弟愛の神話があります。

双子座は兄のカストルが二等星、弟のポルックスのほうがそれより明るい一等星となっており、神話でもその違いが描かれてます。

普通の子供である兄に対し、弟は不死身の身体を持っているんです。

星座神話には悲劇が多いですが、この双子の物語も悲しいので覚悟してお読みください。

さて、神話のご紹介。

カストルとボルックス……双子の兄弟は仲良く暮らしてました。

しかしある日、敵の矢を受けて、兄だけが死んでしまい、不死身の弟だけが生き残ってしまいます。

その後、どうしても兄と一緒にいたいと願い続けるポルックスにゼウスが応え、二人の兄弟に不死の力を半分ずつ与えてあげるんです。おかげで兄弟は一日ごとにこの世界と星空の天上界で暮らせるようになりました。

東の空から昇る時、西側にあるカストルのほうが少し先に姿が現れるんです。兄の姿を見て、弟がそれを追いかける……ポルックスは本当にカストルが大好きなんですね。

なんでも分かり合える兄弟っていいですよね。僕には兄弟がいないから憧れちゃいます。

このペンション『ファーストライト』のオーナーさんとその弟。仲の良い姉弟で経営されていて良いなぁって思っちゃいます。

それでは、全兄弟に幸あれ！

【第四章】　色褪せないブルームーン

一期一会。

ペンションで働いた人なら誰でもこの言葉の意味を一度は考えることだろう。

訪れるお客様は思い出を作ったら去ってしまう。

でも時に、ここを「第二の家」と感じ熱心に訪れてくれるリピーターもいる。今日やってきた石久保夫妻がその例だ。

「おかえりなさい。石久保さん」

「ただいま。志保ちゃん」

その親しげな口調から、彼らが一見《いちげん》のお客様ではないことは明らかだ。

「志保ちゃん、また綺麗になったんじゃないか？　私もあと十年若ければアタックするのになぁ」

「七郎さん、いつも同じセリフを仰ってますよね。変わらずお元気そうで良かったです」

「ごめんなさいね、志保ちゃん。……あなた！ 十年前は私と結婚した年でしょ？ またバカなこと言って困らせないの」

夫婦漫才のような二人のやりとりに小さな笑いが起こる。

陽気な旦那さんに、しっかり者の奥さんの仲睦《むつ》まじい老夫婦。それが二人に対する第一印象だった。

「あれ、こちらは？ 新入りさん？」

旦那さんのほうが僕の存在に気づいた。

接客業は第一印象が全て。

「はじめまして。宇田川昴太です。よろしくお願いします。本日はゆっくりお寛ぎください」

「ありがとうございます」

僕に返事を返す奥さんは夫に向かって言う。

「あなたとは大違いの礼儀正しい紳士さんみたいね」

「何を言うか！ 私のほうが紳士さ……相手が美女限定だがな」

「本当にそればっかり！」

再び笑いが起き、僕も苦笑いを返す。

「あ、昴太さんは星にすごく詳しいんですよ。もし星について知りたいことがあったら、彼に聞いてくださいね」

「はい、なんでもお答えします。この時期は二十一時ぐらいに見える星が綺麗ですので、ぜひお声掛けください」

サービスを提供する側が自信なさそうにする訳にもいかない。志保さんのアドバイスもあり、できるだけ自信ありげに、でも嫌味にならないように優しく勧めるようにしてみる。

「親切な新人さんね。あとでまた声をかけさせていただきますね」

「はい。なんなりと」

「相当な自信があるんだね、君もやり手か？」

「え？　ええ、そんなにやり手ではないです」

旦那さんの言う「やり手」が何かピンとこなかったが、笑って誤魔化してみる。

「では、あちらでご記帳を」

「今回は電話で伝えていた通り、二泊させてもらうよ」

ペンションの受付の仕事にも馴れ、だいぶスムーズに進められるようになった。まずお客様の名前を覚えること、これがサービスにおいて一番大事なことだと志保さんに教わった。当たり前のように思えるが、相手を名前で呼ぶことから全てが始まると思えば、大切なことだと再認識させられる。お客様にとって心地良い空間を作れるようにするためには、スタッフは細心の注意と気遣いが必要なのだ。

石久保七郎。

石久保千歳《ちとせ》。

(石久保七郎……あれ？ この名前、どこかで見たような……)

宿帳に記載された名前を見ながら疑問に感じたが、すぐには思い出せなかった。

「七郎さんと千歳さんは、前にもここにいらっしゃったんですか？」

「ここには十年前にハネムーンで訪れたのよ。それ以来時々来てるの」

「仲睦まじくしていらっしゃって羨ましいです。私も将来はそういう旅行を一緒に楽しめる奥様のような女性と出会いたいです」

ややオーバーな対応だったかもしれない。そんな僕の言葉に志保さんがツッコミを入れてくる。

「昴太さん、ここには、そんな女性がいない、ということですか？」

「ち、違いますよ。そういうことじゃなくて……」

老夫婦と志保さんの中で、また小さな笑いが起こった。

(そういう意味じゃないんだけどなぁ……このご夫婦には楽しんでもらえているみたいだから、まぁ……)

「へえ、お若いのに昴太さんは結婚願望あるんですね」

「はい、人並み程度ですが」

奥さんの千歳さんに聞かれたのでそう応えると、旦那さんがすかさず僕に向かって変なことを言い出した。

「そんなモチベーションじゃ叶わんぞ？　大声で宣言してみなさい！」

「ええ……？　け、結婚したいです！」

なんの罰ゲームだろう、これ……。

叫んで赤くなっている僕の様子を見て千歳さんがクスクス笑っていた。まあ、楽しんでもらえたなら良いか。

「でも、結婚はよく考えてした方がいいわよ。大事なことだから」

「おいおい、何を言うんだ千歳。まるで私との結婚が失敗みたいじゃないか」

「どうなのかしらね」

シレッと言う千歳さんに慌てる七郎さん。そんな二人を見て今度はスタッフ側で笑い声が湧き起こる。

そんな歓談を終えた頃、千歳さんが言った。

「あなた、そろそろ撮りたくなってるんじゃない？」

「ギクリ」

ひょうきんな七郎さんのリアクションが面白いが、「撮りたい」というのはなんだろうか。疑問に思っている僕をよそに七郎さんは手荷物の中に手を入れる。

「では、さっそくだが、外を見てくるよ。明るい今のうちに良い撮影場所を探しておきたいし」

そういって七郎さんは荷物から巨大なレンズのついたカメラを取り出した。

（なるほど、「撮りたい」というのは写真のことだったのか）

「ご立派なカメラですね」

「まぁこれが商売道具だからね」

「この人、こう見えてカメラマンなんですよ」

「ここまで大きいレンズは初めて見ました。ご立派ですね」

「ふふふ。ただのひょうきん者じゃなかったのか、みたいな顔をしてるぞ？」

「いえ、ひょうきんなカメラマンだったんですね」

「なんだって？」

「す、すみません！」

仲良くなりたくて僕も冗談を言ってみようと思ったけど、まずい怒らせてしまった……裏目に出てしまったのか……。

「うそうそ……冗談だよ」

（この人、なかなかやり手のようだ）

ほっとしながらも、僕はそんなことを思ってしまう。

年季が入ったカメラを扱う手はかなり手慣れているようだ。七郎さんは、写真に関しては一切の妥協をしないプロのカメラマンのようだった。大きなレンズのついた複数のカメラを持って念入りに調整している。レンズはどれも望遠のものらしい。星を撮るのにはピッタリだろう。

（あ……！）

そこで僕はあの廊下の星景写真を思い出した。

「あの、もしかして石久保様はこのペンションに飾られている星景写真を撮られた方では？」

「気づいたかね……私が天才カメラマンの石久保七郎だよ」

「あなた……自分で天才って言わないの」

「まぁ天才なんだから仕方ないだろう」

「あの写真、とても感動的でした！　星が一番綺麗に見える角度から撮られているように感じました。ずっと見ていても飽きないというか」

「そんなに褒められると少し照れるな。ありがとう。今日はあれ以上の写真を撮ってくるから期待していてくれ」

彼はそう言うといろいろな機材を抱えて、そのまま玄関へと向かった。

「夕食には戻ってくる。じゃあ」

「いってらっしゃい」

そして彼の姿が見えなくなるや、横でおとなしくしていた龍生くんが溜め息をつく。

「そう言いながらいつも時間通りじゃないんだよな。夕食の時間に、ちゃんと戻ってくればいいんだけどなぁ」

「すみません、奥様」

「気にしないで本当のことですから」

「七郎さん、熱中されると時間を忘れちゃいますものね」

どうやら二人を苦笑させるに充分なほどの前科が七郎さんにはあるようだ。

「毎回迷惑かけてごめんなさいね。あの人……いつまでも子供だから」

「いえ、私どものことはお気になさらずに」

「ありがとう」

七郎さんがいなくなり、急に静かになったロビー。志保さんが明るい声で話しかける。

「さっき昴太さんが言ってたように、お二人を見ているといつも羨ましくなるんです。仲がよろしくて」

「そう？　実際はいろいろあるのよ」

またご謙遜を……と僕も口を挟《はさ》もうと思ったけど、先ほどまでの優しい彼女とは違い、その目は真剣で含みのある口調だったため躊躇ってしまった。

「時々考えてしまうもの。本当にあの人で良かったのかしらって……」

「えっ⁉」

仲睦まじく見えていた奥さんからの唐突な一言に驚いて、つい反応してしまったことを謝罪する。

「す、すみません……びっくりして」

「私からは素敵なご夫婦に見えますよ？」

こんな時、すぐに言葉を見つけられる志保さんは流石だと思う。

「まぁ、確かにあのおっちゃんには勿体ないかもしれないな」

「龍生！ あんたはちょっとあっち行ってなさい」

「マジかよ」

デリカシーのない龍生くんは強制退場を余儀なくされた。僕も気をつけねば、と思う。

「弟が申し訳ございません」

「いいのいいの。気遣って私のことを褒めて言ってくれただけだから」

「でも……あの……」

志保さんがとても言い辛そうにしている。何か聞きたいのだろうか？

「失礼ですが、旦那さまにどこかご不満でもあるのですか？」

「不満……というわけではないの。あの人はとても面白くていい人だから。でも、疲れちゃったの……カメラに」

「カメラに？」

「あの人はどんな時もカメラを手放さない。私といる時も……。まるで私よりもカメラが大事みたい」

「そんなことはないと思いますよ」

「そうね、私がそう感じているだけかもしれないけど、でも……最近思うの。あの人と一緒にいていいのかな？　って……。だから——」

彼女はそう言って荷物から一枚の書類を取り出し、深い溜め息をつく。

「今日は最後の思い出にしようと思って、ここに来たの」

（最後？）

「良い想い出にしたいと思って……」

彼女が取り出した紙、それはこのペンションには全く似つかわしくないもの——

「離婚届」だった。

「「り、離婚届!?」」

あまりの驚きに僕と志保さんの声が重なった。

「実はね……離婚を考えているのよ」

（さっきまで仲の良い老夫婦だと思ってたのに、なんで……）

「前途が明るいお二人に変なもの見せちゃってごめんなさいね。……でも、あの人には、私から話そうと思うの。それまでは絶対に言わないでね」

どうやら事態はかなり深刻のようだ……。

「はい……」

机の上に置かれた紙をもう一度見てみる。そこにあったのは正真正銘、「離婚届」だった。

＊＊＊

――夕方、夕飯時になっても、七郎さんは戻らなかった。

いつもは一時間以内に戻っていたらしいが、今回は二時間近くが経っていた。

山の中ではかろうじて携帯電話の電波が入る場所もあるが、そうでない場所も多い。

七郎さんは電源を切っているのか何度かけても繋がらないらしい。

そこで不安になった志保さんに捜索を命じられたのは、僕らファーストライトの若手スタッフ二人組だ。

「なんか夜の山って……不気味だね。本当にオバケとか出そうで」

「バカ！　情けないこと言ってんじゃねーよ……俺まで怖くなるだろ」

昼間は見晴らしのいい山でも、辺りが暗くなってくると急に不安をかきたてる。

今見えているのは懐中電灯が照らす山道だけ。この光だけが頼りだった。

オバケ……はいないと思うが、これだけ暗くなると身の危険は増すはずだ。足を踏み外して崖下へ転げ落ちるなんてこともあるんじゃないかと思い、七郎さんの身がより一層心配になってくる。そんなことを思っていると龍生くんが僕に言う。

「おっちゃんも夜の山の怖さは知ってるから、そんなに遠くに行っていない。どこか近場で撮ってるはずだ。かなり昔、撮影中に遭難して行方《ゆくえ》不明になりかけたらしいから、それからは気をつけるようにしてるって言ってたんだけどな」

「そんな過去があったんだ……それなのにこの仕事を続けてるんだね」

「ああ、あのおっちゃんはカメラが大好きだからな」

暗い森の中、一人で懐中電灯の光一つで捜索するのは大変だ。ある程度道を知っていて一緒に探してくれる龍生くんがいてくれて心強かった。

そこら辺の茂みにでも迷い込んだものならば、それこそ二度と戻ってこられなくなるんじゃないかと思ってしまう。

だが、そんな中、遠くに人影を見つけてホッとする。七郎さんだろうか。

「石久保さーん、大丈夫ですかーーー？」

遠くから声をかけるが返事はない。

「聞こえてないのか？　おーい！　おっちゃーーん？」

おっちゃーん、おっちゃーん……と山彦《やまびこ》が聴こえるほどのボリュームだったが、返事はなかった。

「まさか……」

僕は最悪の事態を考えて急いで向かおうと思った。だが、駆け出そうとした僕を龍生くんが制止する。

「おい！ 待てよ！ ここは滑りやすいから走ると危険だ。助けに来た俺らが怪我《けが》したら洒落《しゃれ》にならないだろ？」

「そうだね、ごめん」

「それにおっちゃんは集中すると周りの声が聞こえないことがあるから、撮影に夢中なだけかも」

足下を慎重に照らしながら、徐々に近づく。カメラを構える七郎さんの姿が見え、無事そうな姿に一安心する。しかし、不用意に近づくと厳しい声が返ってきた。

「おい……電気消せ」

「え？」

「早く」

「あ、はい……」

七郎さんにそう言われて、僕たちは急いで電気を消す。集中している彼は僕らの姿を見ても全く動じなかった。

ファインダーを覗く彼の瞳は、ペンションで会った時からは想像できない鋭い目をしていた。ブツブツ何かを口ずさみながら、一心不乱にシャッターを切っている。

「あのー、七郎さん、もう帰る時間ですよ？」

仕事の邪魔をするのはしのびなかったが、心配する千歳さんや志保さんが頭に浮かび声をかける。

「七郎さん！　帰りますよ！」

「……もうそんな時間か。仕方ないな」

当の本人は全くあわてる様子もなかった。少しでいいから心配した身にもなってもらいたいと思ってしまう。

「もう電気点けてもいいですか？」

「ああ、いいぞ」

星の撮影には人工の光は邪魔になってしまうらしい。確かに僕たちがここに到着した時、七郎さんは全く灯りを点けずに撮影をしていた。

「申し訳ございません。お仕事を中断させてしまって……。なかなかお戻りにならなかったのでお迎えに上がりました」

「ああ、すまんな」

だが、彼の目線はまだ被写体に釘づけだった。

「でも……あと少しだけ、待っててくれないか？　もう少し待てば、いい絵が撮れる気がするんだ。あと少しだけ」

「すみません、奥様が心配してらっしゃいますので……」

帰らせるにはきっとこれが一番効果的だと思って、千歳さんの名を出してみる。あの「離婚届」が頭にちらつき、どうしても七郎さんには早く千歳さんのもとへと戻ってほしいと思った。

「うーん……悔しいが、そろそろ戻るか」

彼は残念そうに、僕たちが照らす光を頼りにカメラケースに商売道具のカメラをしまっていく。そして、それらを詰めた大きなリュックを背負った。

「こんなところまで探しに来てもらって悪かったな、じゃあ帰るか」

「いえいえ。お怪我でもされたのかと思ったのですが、ご無事そうで何よりです。奥様もお待ちでしたよ？」

「そうそう、心配したんだぜ。頼むよおっちゃん」

「ああ、悪い悪い、つい集中しちゃってな」

暗くなった足下に気をつけながら歩く男三人の会話が暗闇に響く。

「そういえば、宇田川くんは星が好きだと言ってたが、写真は撮らないのか？」

「写真は撮りません。僕は見る専門でして……。綺麗に撮れたら、と興味は凄くあるんですが、撮影機材が高かったり、そもそもカメラに疎くて踏み出せないでいます」

「なるほど。機材を買ってあげることはできんが、興味があるなら撮影については教えてあげるからなんでも聞いてくれ」

「ありがとうございます、ぜひ」

「おい昴太。おっちゃんの説明スイッチを押すなよな。話し始めるとマジで長いから……」

「龍生、お前も聞きたかったらまた教えてやるぞ？」

「いや、俺はいい……長いし」

そんなに長いのだろうか。少し不安になりながらも七郎さんに返事する。

「はは……機会があれば、ぜひお願いします」

「そうかそうかー！　じゃあ、まず星景写真には二通りあるということから教えないといけないな」

「って、今説明するのかよ！」

龍生くんのツッコミと同じことを僕も思ってしまった。

「それは『固定撮影』と、『点像の撮影』だ。まずこの二つがなぜあるかだが、その違いから説明すると——」

僕たちにはお構いなしに七郎さんは雄弁に語り出す。確かに、話が長くなりそうである。

「星ってのは普段のカメラ撮影と同じように撮ろうとしてもうまく撮影できない。それはなぜだか分かるか？」

「え？　そうなのか？　うーん、小さいから、か？」

「全然違う！　地球の自転があるから、シャッターを切るその瞬間も星は常に動いてしまう。だから普通に撮ろうとしてもブレてしまうんだ」

「あ、それ経験したことあります！　以前、何げなく写真を撮ったんですけど、ブレてしまっていて」

少し前のブログに載せた写真がそうだった。おかげで「よく見えない」と写真に対する多くのコメントをもらい、僕のブログ記事で過去最高のコメント数を記録した。

「ああ、星ってのは止まってるように見えて、実はかなりのスピードで動いているんだ」

「へぇ、そうだったんですね」

「それに星を撮る時にはシャッターの露出時間が数十分も必要になる。これはなぜだか分かるか？」

「えーと、露出？　よく分かんねーよ。星が動いてるなら自分も動きながら撮ってるからとか？」

「ブブー。違う違う！　龍生には前に教えただろ？」

「え？　そうだっけ？　おっちゃんの話はやたら長かったからなー全然覚えてねー」

「お前なぁ……」

呆れる七郎さん。彼の言葉を吟味《ぎんみ》してみると、途端に正解が閃《ひらめ》いた。

「そうか、地球が自転して星の位置がずれてしまうんですね。目で見えるような星空の写真を撮るには、カメラも地球の自転に合わせて動かす必要があるってことですね」

「ピンポン。その通り」

「当たった」

「……昴太、一問正解しただけで調子に乗るなよ」

先頭を歩く龍生くんが悔しそうに言う。龍生くんの仇を取るつもりで答えたけれど無駄だったみたいだ。それでも星好きとして正解したのは、ちょっと嬉しかった。

「俺の答えは惜しかっただろ？　でも、カメラを動かしたら余計にブレないか？」

「そうですね……石久保さん、そんなこと、可能なのですか？」

自転の早さを体感するなんて到底不可能だ。

「そこで必要なのが、『赤道儀』と呼ばれるもの……つまりこれだ！」

足を止めて彼が持っている手元を懐中電灯で照らす。三脚にセットされていた小さな機械を自慢げに見せてくるだけでなく、触らせてくる。

「これ、小さく見えて、結構重いですね」

「ああ。しかしそれで綺麗な写真が撮れるなら軽いもんだろ？」

嬉しそうに話す七郎さん。

「続いて固定撮影についてだが――」

「うわぁ。まだ続くのかよ説明」

「まぁ黙々と歩くよりいいだろ？」

そうだな、と僕も思う。暗い中、男が黙々と三人で歩くよりはマシだ。

げんなりする龍生くんだが、僕は星景写真には前から興味があったので聞いていて楽しかった。

「この原理は簡単。ずっとカメラを固定したままシャッターを長く露出すれば、勝手に星が動いてくれるのでその軌跡が映るのだ」

「そうやって撮っていたんですね」

「アングルを変えれば円の軌跡だったり、流星群の真っすぐな鋭い軌跡だったりも撮れる……星景写真は奥が深いんだ」

「星の軌跡っていいですよね。僕も携帯の待ち受けにもしてるんです」

そう言って自分のスマートフォンを見せる。

「私の写真ならもっと綺麗だぞ！」

「俺だけ話についていけてないパターンになってんぞ……もっと面白い話しようぜ。バラエティ番組とかお笑いとか」

「あいにくTVは観ないんでな」

「えー」

そんな感じで、二人で楽しく語り合っているとペンションが見えてきた。

龍生くんが退屈してるのを感じ取ったのか、七郎さんは「ここだけの話だが」と前置きして話し出す。

「絶対に言うなよ？　実はな……そろそろ家内にもう一回プロポーズをしようと考え

てるんだ」

「もう一回プロポーズ？」

龍生くんがキョトンとした表情を見せる。

一方で僕は昼間の一件がちらつき、返事をすることができなかった。龍生くんは知らないから大丈夫だけど、僕は千歳さんの衝撃の言葉が忘れられずにいた。

「指輪も用意してある。どうだ、綺麗だろう？」

彼は自慢げな顔でポケットからリングケースを取り出し中を見せてくれる。

「あいつと結婚した時は指輪を買ってあげられなかったからな」

宝石には疎いのでよく分からないが、エメラルドグリーンのその輝きは夜空の星に匹敵する美しさがあるように見えた。でも……。

「ずっと写真に夢中であいつに迷惑をかけてきた。だから、結婚十年目の今年は驚かそうと思って買ってたんだ」

「おっちゃん、案外ロマンチックなんだな」

「あいつには本当に支えられてきたからな……その話、聞きたいかね？　聞きたいだろう」

「……」

僕はその言葉を聞いてかなり複雑な心境だった。いろいろなことが頭を駆け巡り、整理するのにいっぱいいっぱいだ。

「今まで七回結婚したが、いつも相手から離婚を切り出されてきた……でも、あいつはそんな私にずっとついてきてくれたんだ」

「そんなに離婚してたんだ？」

龍生くんの言葉と同じことを僕も思ってしまった。老夫婦で結婚十年目……何かしっくりこないと思っていたけど、その理由はそういうことだったのか。

でも、七郎さんの気持ちとは裏腹に、千歳さんは別れたがっている……こんな時、僕はどうしたらいいのだろう。すぐには答えは出てこなかった。

「千歳には私の帰りが遅い日には先に寝ていいと言ってあるのに、どんなに遅くなっても、あいつは灯りを点けて待ってくれている……そんないい女なんだ」

「最高の奥さんだな」

「ずっと悩んでたんだよ。私の年齢も年齢だしな。いろいろなところを飛び回っては撮影するカメラマンを引退して、のんびり一緒に暮らす生活の方があいつの幸せなんじゃないかってな……」

「夢を取るか現実を取るか、というやつか」

龍生くんの言葉に複雑な心境だった僕はドキッとしてしまう。

僕は夢を諦めた。対して七郎さんは夢を追い続けてきた。

「だからこそ私は思ったのだ。今度のコンクールで賞を取って、あいつに最高の贅沢《ぜいたく》をさせてやりたいなぁ、と。カメラを手放した私など、もはや私ではない」

「おっちゃん……あんた男だぜ」

「受賞インタビューでこう答えてやるんだ。賞を取れたのは最高の妻のおかげだ、とな」

彼が写真にかける情熱の原動力は奥さんへの愛情だったということか。だけど、情熱を注げば注ぐほど、奥さんとの距離が開いてしまうというのはなんと皮肉なことだろうか。

そんなことを考えていたら、鼻水をすする音が聞こえてきた。

「龍生くん……もしかして泣いてるの？」

「バカヤロー、な、泣いてねーよ！　ちょっとウルッときただけだ」

こういう情に脆《もろ》いところは龍生くんのいいところだ。昼間の一件さえなければ、僕もウルッときたかもしれない。

なんとかしないと……。僕にできること僕にできること……。

（そうだ！）

「七郎さん……僕に再プロポーズの協力をさせてくれませんか？」

「いいのか？　助かるよ」

「絶対に良い想い出になるプロポーズにしましょうね」

僕は緊張していた。

この夜の自分の頑張りで、二人の運命が決まる……大袈裟かもしれないけど、何かしてあげたかった。

七郎さんの奥さんへの愛は本物だ。このペンションに来たからには絶対に幸せになってほしい。

＊＊＊

「――というわけで、七郎さんの再プロポーズに協力しようと思うんです」

「そう。俺たちで最高のロマンチックを演出してやんよ」

「そう……」

てっきり二つ返事で協力してくれると思ったので、どこか乗り気じゃない志保さんの返事は残念だった。

「でも昴太さん。千歳さんのお気持ちも考えないと……。夫婦間の問題は、夫婦でなければ分からないこともあると思うんです。だから、軽々しく他人が踏み込むと余計複雑にしてしまうかもしれません……」

「なんだよ姉貴、それ、冷たくねーか？」

「でもよかれと思ってやったことが、逆効果になってしまったら……」

「そうですね、志保さんの心配も分かります。でも……七郎さんの気持ちは本物でした」

志保さんは静かに僕の言葉に耳を傾けていた。

「僕はあのお二人に幸せになってほしい……心からそう思います。七郎さんにとってこのペンションの思い出は幸せなものであってほしいんです。だから、難しいとは思いますが、でも……」

「けれども……もしもですが、千歳さんの人生にとって離婚という形が幸せの一つだったとしたら……」

志保さんは同じ女性の千歳さんにシンパシーを感じているのだろうか。彼女と意見が合わなかったのは初めてだった。

「昴太さん……私もお二人には幸せになってほしいと思います。ですが、どちらかに味方すれば、残された片方を裏切ってしまうことになります。二人の問題に部外者の私たちが干渉するのは良くないと思うんです……そっとしておくのがいいんじゃないでしょうか……」

「僕のしようとしていることは余計なお節介、ということでしょうか？」

「ごめんなさい。困らせたいわけじゃないんです。でも、他人が決めたことがその人にとって本当にいいことなのか……。私にはどうしたらいいか分からないんです」

改めて問われて、僕は考える。

志保さんの言うことも一理ある。二人を見守るというのも大事な選択肢の一つで、従業員としては中立の立場でいるべきなのだろう。

確かに七郎さんのロマンチックな話に乗せられて応援したくなったという、勢いに流された部分はあったかもしれない。でも……七郎さんと千歳さん、素敵な夫婦である二人にいつまでも仲良くしていてほしい。それが僕の偽らざる本心だった。

だから……。

「前に志保さんは仰いましたよね」

「？」

「ここは……このファーストライトはお客様にとって『第二の家』なんですよね？　だとしたら、僕にとって七郎さんと千歳さんは家族なんです」

他人事だから、なんて理由で距離を置きたくはなかった。このファーストライトでは。

「今日、初めて会ったばかりだけど、お二人ともいい人でした。そんなお二人の気持ちが今はちょっとすれ違っているだけで本当は一緒だったとしたら……。僕に……僕たちにだってできることがあるんじゃないでしょうか？」

「ですが……」

「家族じゃなきゃできないこともあると思うんです！」

「……」

彼女は俯《うつむ》き考え込む。龍生くんも静かに僕の話を聞いている。

「僕は数日前、このペンションに初めて来た時、幸せではなかったと思います。でも、あの時と比べて今は幸せだって言えます。それは……志保さんの言葉が、僕の大切なものを思い出させてくれたからです」

「……」

「家族の言葉で僕の心は変わりました。志保さんと龍生くん、そしてお客さんという

『第二の家族』に出会って今も僕の中でいろいろなことが変わっています。多分、一生忘れない出来事です。思い出なんです。だから……あのお二人にも幸せな思い出を持ったまま、気持ち良く『いってきます』って言ってもらいたいんです」

俯いていた彼女が僕を見上げる。僕は彼女に自然と頭を下げていた。

「だから、お願いします！」

「姉貴。俺も七郎のおっちゃんを応援してえよ。余計なお節介かもしれないけどさ、家族ってそういうものだろ？」

最後まで迷っていた志保さんだったが、観念したように溜め息を一つついた。

彼女は僕らの言葉に「そうですね……」と静かに頷く。

「私たちは家族ですものね……。大事なことを忘れていたようです」

「志保さん……」

「幸せな思い出を作ってほしい、私も同じ気持ちです。そのために私たち全員でできることがあるなら全力でやりましょう」

「ありがとうございます」

どうやら全面的に協力してくれるらしい。心強い味方を得た気持ちだ。

「ところで、どうやってお二人をロマンチックなムードにするんです？　何かいい考えが？」

「……あ、天の川とかどうだ？　織《お》り姫と彦星《ひこぼし》が結ばれる話があったたよな？」

「天の川もいいんですが……」

織り姫と彦星は恋愛に熱中しすぎて仕事が疎かになってしまい、それ故に引き裂かれてしまった遠距離恋愛の話だ。年に一回の七夕で会える……ロマンチックな話だが、石久保夫婦に話すには少し躊躇われる話だ。

「実は7月7日は梅雨だから雨の確率が高くて、あまり会えてないという悲しいトリビアがあるんだよね……」

「じゃあ天の川は却下だ。なぁ、なんか夫婦に関する星とかないのか？」

「夫婦と言えば……アークトゥルスとスピカの夫婦星《めおとぼし》のエピソードがピッタリかもしれません」

「夫婦星……素敵な響きの星ですね！」

「……でも」

「でも？」

言ってみたものの、大きな問題がある。

「……残念ながら『春の星座』なんです。だから、今は見えなくて」

「残念……うーんどうしましょう」

何かあるはず……何か。

「月みたいにいつでも出てればいいのに」

(それだ!)

彼女の一言で、瞬間一つの考えが閃いた!

「志保さん、ナイスです!」

「え?」

「月ですよ! 今日はちょうど満月なんです!」

「満月? 一人で納得してるみたいだけど、どういうことだ? 説明しろよ」

龍生くんと志保さんの怪訝《けげん》な顔に答えを示す。

「月だって、一つの星なんです。素敵なエピソードはあります。満月が綺麗なので『月の観測会』をやりましょう!」

「おいおい何言ってるんだよ昴太。……もうちょい詳しく教えてくれ」

「例えば、夏目漱石《なつめそうせき》はアイラブユーを『月が綺麗ですね』と訳したっていう有名なエピソードがあるんだよ。代表的な告白の言葉だ」

「あ、それは私も聞いたことあります」

「なるほど。そいつは使えそうだな」

「うん」

二人には恥ずかしくて言えないが、かくいう自分も夏目漱石のこのエピソードに触発されて月が綺麗だといって女性に告白した経験がある。我ながらキザな告白だったと思う。結果は振られてしまったけど……。

「月を見るんだったらさ、望遠鏡も持ってきた方が良いか？　あんまり使い方分からねーけど」

「僕が使えるので大丈夫です」

善は急げで、僕らは急いで天体望遠鏡を取りに向かう。

「おおお、これ凄い！」

その天体望遠鏡は物置の奥に置かれていた。一目見るなり思わず感嘆の叫びが出たほどの逸品だ。

予想を圧倒的に超えるかなりの大きさ。大切に手入れされていたのか、しまっていた箱の中で新品同様に輝いていた。

「何が凄いんだ？」

「これ一〇〇倍はいける！　すごい！」

「おい⁉」

「このレンズ……直径が二五〇ミリあるんじゃないか？　おお、凄い！」

「昴太……さっきから凄いしか言ってないぞ？　やっぱお前って危ない奴だったんだな」

「龍生、だめよ。昴太さんはまともな人だから……たぶん」

二人のツッコミはさておき、この天体望遠鏡の性能は本当に凄い。倍率はもちろんのこと、焦点距離がかなり長い。

望遠鏡で最も重要なもの。それは接眼レンズと倍率のバランスだ。これはおそらく月のクレーターも見えるくらいの代物。百万円近くするんじゃないかと思うほど高性能の天体望遠鏡だった。

（でも、なぜこのペンションにこんな高性能のものが……）

疑問は残るものの、今はそんなことを気にしてる場合ではない。

機材の準備はできた。あとは千歳さんたちを誘うだけだった。

再来年の最も月が大きく見えるエクストラスーパームーンの時はぜひこの望遠鏡で観測をしたいものだ、などとつい天体マニアな考えをしてしまう。

＊＊＊

「今夜はあいにくそんな気分じゃ……ごめんなさいね」

　意気揚々と千歳さんを月の観測会に誘ったが、出鼻をくじかれてしまった。

　乗り気じゃない彼女を無理に誘ってもあまりいい結果は得られないだろう。どうしようかと迷っていたら、まさかの志保さんまでも欠席を希望し出した。

「昴太さん、私もちょっとキッチンの掃除で忙しいので……」

「そんな……」

　ガッカリした僕に志保さんが一回ウインクした。

（あ！　なるほど。そういうことか）

　志保さんを利用して、志保さんの心を動かすふりをして千歳さんにそれを聞かせて、今日しかないと思わせろ、ということだった。

「志保さん……掃除なんて僕があとでやりますから行きましょうよ！　勿体ないですよ。次のブルームーンは三年後だっていうのに。今回はかなりタイミングがいいんですよ。とても綺麗に見えるはずです」

「え！　今日を逃したらもう三年間も見られないんですか⁉」

「ええ、これを見逃したら後悔しますよ」

「三年に一回か……」

　僕も志保さんも少しオーバーな演技の気もするが、千歳さんがピクリと反応したのを僕は見逃さなかった。これならいける！

「ええ。天体イベントでも一、二を争う重大イベントなのに、これを見ないなんてありえない！」

「うーん。どうしようかしら」

「ただ見るだけじゃなくて、月光浴もできて楽しいですよ」

「月光浴？　それって、月の光を浴びるってこと？」

「はい。美容にも良いと言われてます」

「ほんと！」

『美容』という言葉が僕から出た瞬間、志保さんの目が鋭く光った気がした。これも演技……なのだろうか。今のはかなり本気だったような……。

「ええ。日本ではあまりメジャーではないかもしれませんが、アメリカでは月の光を意識したホテルも多いですし、月光浴を楽しむ人も沢山いるんですよ」

「へえ。アメリカ人って月が好きなのね」

「サクセスムーンなんて言葉もあって、大事な商談は必ず満月の日に行うって風習もあるんです」

「それは初耳です。サクセスムーンかぁ」

「あとムーンセラピーって言葉もあるくらいで、ありがたいことにヒーリング効果があるらしいです」

「へえ、やっぱり行ってみようかなぁ」

「ぜひ！　行かないと損ですよ。だって……」

月の観測会が貴重な理由はもう一つある。

「月は少しずつ地球から遠のいてるんです」

「えっ。じゃあいつか月は見えなくなってしまうんですか？」

「もちろん一年に数センチメートルなので僕らが存命中は大丈夫ですが、今日ほど大きな満月はこれからの人生でもう二度と見れなくなってしまうかもしれないんです」

良い感じで小芝居が続いたところで、タイミング悪く龍生くんがやってくる。彼の間の悪さは毎回狙ってるんじゃないかと疑ってしまうほどだ。

「姉貴、何してんだ？　早くしないと」

「龍生！　あんたはキッチンの掃除してて！」

「だって、早くしないと」

「いいから！」

（ごめん、龍生くん。でもあと少しなんだ。バレてしまってはまずいんだ）

龍生くんの捨てられた子犬のような寂しそうな背中に、あとで謝っておこうと思う。

「志保さん。一緒に月を見ましょうよ。きっと綺麗ですよ」

「そうね……昴太さんにそこまで推されたら、興味出てきたわ」

「あの……私も月の観測会に参加してもよろしいかしら？」

千歳さんが僕たちの会話に入ってくる。成功だ！

「ほんとですか！」

「ここまで気を使われたら、行かない訳にはいかないわ」

「あら。全てお見通しでしたか。お恥ずかしい」

「すみません、お客様。今夜の月はぜひ見ていただきたくて」

「いえ、なんだか聞いてたらすごく楽しみになってきたの」

彼女を動かすことができたなら目論《もくろ》みは大成功だ。

「絶対に後悔はさせません。今夜は素敵な夜になるとお約束します」

「そう力強く言ってもらえると、期待しちゃうわね」

その期待のハードル、必ず超えてみせる……僕らは強くそう思いながら月の観測会の準備をし始めた。

ファーストライトでは野外でも飲食を楽しめるよう、ポータブルテーブルや折りたたみ椅子などの機材は充実している。

準備に駆け回っていると、あっという間に月の観測会の時間がやってきた。幸い雲一つない、観測会には最高の夜空だ。

「ありがとうな。今夜は必ず決めてみせる」

ひそひそ声で七郎さんが僕たちに言ってくる。

「いいから落ち着いて座ってろっておっちゃん」

どうやら彼の気合いは十分のようだ。

「あ、奥さんいらっしゃいましたよ」

千歳さんが席に着く。

「あら、今夜のゲストは私たちだけかしら？」

「ええ。いつもここを気に入って帰ってきてくださるお二人への恩返しです」

用意された椅子に彼女たちが座ると、月の観測会の始まりだった。

「今日の司会は、当ペンションの星のコンシェルジュ、宇田川昴太さんが務めます」

「宇田川です。よろしくお願いします」

パチパチと、小さな拍手だけれど名誉ある役を任せてもらえて誇らしかった。

プラネタリアンにも似た星の解説……形はだいぶ違えど、幼い頃の夢を叶えているような充足感があった。

「それでは月の観測会を始めます。月は肉眼でも見える数少ない天体なので、観測に道具などは一切いりません。目の前のデザートやカクテルを楽しみながら気軽に聞いてください」

そう言うと二人は素直に目の前のデザートに手をつけ始めた。

「ブラッドムーンやスーパームーン、ミラクルムーン……月には様々な天体現象の名前があるんです」

「ほほう。ブラッドムーンとはまた、かっこういい名前だね」

「ええ。素敵な名前が多いですよね」

既に千歳さんには少し月の紹介をしてしまったので、重複しないよう心がける必要があった。その甲斐《かい》あり、千歳さんはなかなか熱心に聞いてくれているようだった。

「月が近づいただけで潮の満ち引きに影響が出てしまうように、六割以上も水でできている人間の身体のサイクルも月の満ち欠けと関係していると言われています。多少なりとも体中を巡る血液も影響を受けないはずがありません。だから満月に出産や犯罪が多いとも言われるんです」

「へえ。月が人を狂わすっていう言葉はあながち迷信じゃないのね」

「それで、今日はどんな月の日なんだい？　勿体ぶらずに教えてくれ」

「そうですね。実は今夜は……ブルームーンなんです」

僕はそう言って彼らに月を見るよう促した。

「ブルームーン？　月が青くなるの？」

千歳さんは期待に満ちて月を眺めるが、そこにはいつも通りの月が出ている。見事な満月という以外には、特筆すべき事がない普通の満月のように見える。

「満月は本来ならば一ヶ月の間に一度しか見られないですよね」

それくらいの知識ならば私にもあるわ、と言わんばかりの表情の千歳さんに僕は説明を続ける。

「暦の関係で数年に一度だけ、一ヶ月の間に二度満月が見られることがあるんです」

「え……そうなの!?」

彼女の説明しがいのある素直なリアクションをしてくれる。おかげでスラスラと説明の言葉が浮かんだ。

「外国では『ONCE IN A BLUE MOON』っていう慣用句があるくらいで、『滅多にない素敵なこと』を意味するんです」

僕はそう言って、ブルームーンを見ると幸せになれるという言い伝えがあることなどを話した。

「じゃあ、月の見た目が青くなる訳じゃないのね」

「ええ。二度目の月の、ダブルムーンが変化したとも言われてるくらいですし」

「けっこういい加減なのね」

ずっと物憂げな表情をしていた彼女が初めてクスリと笑った。

「暦が生んだいつもとは違う満月……そう言われると普段よりも満月が美しく見えてくる気がしてくるから不思議ですよね」

「確かに、そう言われてみると、なんだか綺麗な満月に見えるな」

七郎さんはカメラを持ち、意気揚々とシャッターを切り始める。

「天体イベントの全てが、月蝕《げっしょく》などのように派手なビジュアル要素を持つ訳でないんです。むしろ何げない日常の風景に意味を見出《みいだ》すものの方が、多いかもしれません」

シャッターを持つ七郎さんの瞳を見つめながら、僕は説明を続ける。

「そんな日常の小さな出来事がとても大事だったりすると思うんです。なかなか気づけないことも多いですすし、つい僕らは特別なものを追い求めてしまいますけれど……。そんな景色を、大切な人と見られたら良いなと思います」

七郎さんはハッとした顔で何かを考え込む。

「何げない日常……か」

七郎さんは手に持っていたカメラを机の上に置いて話を聞き続ける。

「月は僕たちに様々な姿を見せてくれます。でも、実は月は地球が回転する速度と一緒のスピードで動いてるのでいつも同じ面を見せているんです」

「そうなの……じゃあ、私たちは月の裏側を一度も見たことがないのね」

「はい、月はシャイなんです。どうしても我々に裏側を見せてくれないんですよ」

少し笑いが起こったが、僕は真剣な顔で千歳さんを見つめて話す。

「もっと心を開いて、見せてくれてもいいのにって思うんです。月の裏側を知りたいという人は多いんです。月がそんな人間の心を分かってくれたら、月も人間も幸せなのにって」

「シャイな月……」

今度は千歳さんがハッとした顔で何かを考え込む。

「月と人間って、切っても切り離せない関係なんです」

「そうなのね……」

「確かに、今夜の月は私たちに多くのことを教えてくれてるようだな」

七郎さんは思い直したように話す。

「カメラに収める日常ではなく、近くにある日常……たまにはカメラを置いて、のんびり二人で見るのも悪くない……ということか」

「いいの？　大事な瞬間なんじゃ……」

「今はお前といるこの瞬間のほうが大事だって思ったんだよ」

「……ありがとう」

そこから先、言葉は要らなかった。

寄り添う二人を優しく月が照らしている。

それは傍目から見ていても凄くいい感じだった。

「ちなみに、今夜に相応しいブルームーンという名前のカクテルがありますが、いかがでしょう？」

「この流れで注文を断れるほど、私たちは無粋《ぶすい》じゃないよ」

「商売上手ね。いただきましょう」

彼はカクテルを一口飲むと、どうやら決意が固まったようだ。不思議とみていて不安はない。今の彼には、ファインダー越しではない彼女の姿が見えているはずだ。

「千歳、聞いてほしいことがあるんだ」

彼はブルームーンのカクテルから目を離し、妻の目を優しく見つめて言う。

「せっかくロマンチックな言葉を沢山考えてきたのに……全部忘れてしまったよ」

彼はそういって胸元からリングケースを取り出した。

「この指輪を受け取ってくれないか。これからも私の傍にいてほしい。あの月のように」

「あなた……」

ここから先は、見守るのも野暮《やぼ》というものだろう。

僕と志保さんは目をそらし、代わりに月を見ることにした。

真っ暗な夜の空に、ぽっかりと明るい月が浮かんでいる。ただそれだけなのに、こんなにも気持ちが穏やかになるのはなぜだろう。

今夜、ブルームーンを世界中の人がみていると思うと不思議な気持ちになった。

「二人が仲直りできて良かった」

ぽつりと、呟《つぶや》くように彼女が言った。

「家族は仲がいいのが一番ですものね」

「……」

月に照らされた彼女の横顔がとても綺麗で、僕は思わず言葉を失った。

「昴太さん……ありがとうございます」

「え？」

「あの時、七郎さんの再プロポーズに協力したいと言ってくれなかったら、あの幸せそうな二人は見られなかったと思うんです。だから」

急にお礼を言われるとなんだか照れくさい。

「……二人が素直に向き合えるよう応援をして、本当に良かった」

「でも、僕だけじゃできなかった。志保さんたち、僕の家族がいたからできたんです」

「昴太さん……」

志保さんの声でドキっとする。

（なんだか僕たちもいい雰囲気なのか）

そんな風に全てがうまくいってる時に、いつもトラブルは突然やってくる。

爽やかな風が吹いて、ベランダ越しの部屋の机上に置かれていた、ある紙を舞い飛ばした。

ヒラヒラと舞う紙の『離婚届』の文字が目に入った時、僕は思わず飲んでいた紅茶を吹き出しそうになった。さらに悪い偶然は、七郎さんの目の前にその紙が落ちたことだ。

「……離婚届？ なんだこれ？」

「あああああ、そ、それは」

全てが円満に解決したのだ。知らなくていいこともあるだろう。幸い、離婚届の氏名欄はまだ空白のままだ。

「あ、それは……その離婚届は……僕のです！」

「君の？」

「そ、そう。私たち、離婚しそうになっていたんですが、やっぱりやめることにしたんです。ね？」

「え？ ああ、そう、そうなんですよ」

そこに志保さんのフォローが入る。フォローになってたのかな？

「なんと！ ……というか君たち、結婚してたのか」

「ええ、ちょっと些細《ささい》なケンカでヒートアップしちゃったんですが、今は二人とも反省していて……」

「そうなのか、大変だったね」

(ふー……なんとかバレずにすんだ)

かなり強引な気もしたが、なんとか場の収集はつきそうだ。

誤魔化しきれた、そんな時に今度は鼻歌混じりで散歩する龍生くんがやってきた。

今度は七郎さんのお喋りが悪いタイミングで発動だ。

「龍生くん。まさか結婚してたとはねえ」

「結婚？　誰が？」

龍生くんのクエスチョンが夜空に木霊する。

「龍生！　えーと、あっち行ってて！　お風呂の掃除が残ってるでしょ？」

「そ、そうだよ。僕もあとで手伝うから！」

「え？　風呂はまだ掃除しないだろ？　てか、結婚って誰が？」

「いいから！　キッチン行ってて」

「え……ああ」

志保さんの一言でしょんぼりしながら、ペンション内へ戻っていく龍生くんの背中はまたしても寂しそうだった。

（ごめん……）

今夜は龍生くんに謝り倒すことになりそうだ。

＊＊＊

——その少し後。

ブルームーンを眺めながら僕はぼんやりと考え事をしていた。

『ファーストライト』に来るまでの日々。来てからの日々。そして、これから先のこと。

やがてこの月も見えなくなってしまうように、どんな楽しい時間にも終わりが来ることは分かっていた。

紹介記事の完成は近づいている。そしてそれは、このペンションとの別れの時間が近づいてることを意味していた。

（僕はここを出る時、どんな気持ちで『いってきます』を言うのだろう）

月はいつも優しく辺りを照らすだけで何も答えてはくれない。でもなぜか、月を見ているととても心が落ち着く。

涼しい夜風を感じながら物思いにふけっていたが、千歳さんがわざわざお礼を言いに来てくれたことで我に返った。

「ごめんなさいね。あんな嘘をつかせてしまって」

「いえ。余計なお節介だったらすみません」

「嬉しかったわ。今日は本当にありがとう」

その言葉だけでどんな苦労も報われるというものだ。これが客商売のやりがいなのだろうか。

「私もこれからは、もっとあの人に沢山我侭を言ってみようと思うわ」

「それがいいですよ。尻に敷いちゃいましょうよ」

「ふふっ。そうね」

そう言って明るく笑う千歳さんを見ていると、これからのことはなんの心配もいらない気がした。

「……ねえ、あの離婚届はまだあるかしら」

「はい。成り行きで僕が持ったままです」

「最後の始末はちゃんとしなくちゃと思って」

「そうですね。どうぞ……」

千歳さんは僕から離婚届を受け取ると、まっぷたつに破る。

彼女の迷いを断ち切るような、思い切りの良い破り方だった。

「本当にありがとう」

その時のブルームーンに照らされた彼女の微笑みを、僕は生涯忘れないだろう。

＊＊＊

月の観測会も終わり、宿泊客たちも寝静まり……ペンションスタッフの仕事はようやく終わりを迎えようとしていた。

いつも仕事の終わる五分前、共有事項がないかミーティングをするのがファーストライトでの数少ないルールだ。

ただ、今夜はまだ最後の仕事が残っている。拗《す》ねてしまった龍生くんに誠心誠意謝罪をすることだ。

「龍生！　今日はごめんなさい！」

「ごめん龍生くん！」

「なんだよ二人して俺を邪魔者にしてよ」

「本当にごめんなさい」

「いや、満月……月に狂わされちゃってさ」

「そうそう」

「おい！　なんでもかんでも月のせいにするんじゃねぇ！」

「……はい、すみません……」

　そこから二人で謝り続けること三十分。

「次からは俺を除《の》け者にするなよ。絶対だぞ」

「うん」

「ごめんね、龍生」

「約束だからな！」

　志保さんの必至の説明もあり、ようやく龍生も機嫌を取り戻してくれたようだ。

　一難去ってまた一難、修羅場にならなくて良かった……。

「でもさ、ブルームーンの話であそこまで心が動くとはなー、天体もすげえな」

「それだけじゃないと思うわ」

「ん？　他に何があんだよ」

「月のロマンチックな話も確かに良かったけれど。自分たちのために必至に動いてくれる人がいる。その事実が、千歳さんの心を動かしたんじゃないかしら」

そういってこちらを向いて微笑む志保さんにドキリとする。

「本当にお疲れ様……星のコンシェルジュさん。全ては昴太さんの一言のおかげです」

「いえ、僕にも何かできることがあって良かったです」

「星って素敵ですね」

「はい、他にもいろいろありますよ？ 今からでも……」

「おい！ 昴太！ 姉貴に色目使うんじゃねえ！」

「いやいや、そういうことじゃなくて」

「昴太さん……星の話はまた今度……ということで」

「あ、はい」

隣の龍生くんは納得できないといった顔で僕を見ていたが、僕は目をそらす。

このままいい感じでミーティングが終わりそうだったが、僕にはどうしても聞かずにはいられないことがあった。

「一つだけ、質問いいですか？」

このペンションに来てからずっと気になっていたこと。

各部屋に飾られた星座儀や星図、星景写真の数々……このペンションは至るところに星がある。そしてそれは目の前にいる二人が置いたものではない。

「あの天体望遠鏡……なんであんな高性能のものがあるんですか？　二人のものじゃないということは、あれは誰のものなんですか？」

「それは……」

志保さんは目をそらす。その瞳がどこか悲しげで、僕はそれ以上何も聞けなくなる。

「……また今度お話しますね」

普段はよく喋る龍生くんも神妙な顔をして、何も語ることはなかった。

二人があまり語ろうとしない、僕が知らないこのペンションの謎。

このペンションを知るためには、その謎に踏み込まなければならない。もしそれが二人を傷つけるとしたら、僕にできるのだろうか？

二〇XX年　〇月×日
『ブルームーン、ハニームーン』

こんばんは！

今日はブルームーンでしたね。皆さんは今夜の月はご覧になられたでしょうか？

天体望遠鏡や双眼鏡などの道具なしで誰もが楽しめる天体観測……月の観測はもっとも身近な天体観測と言えるかもしれないですね。

『ファーストライト』では月の観測会をしました。このペンションにはとても高性能の天体望遠鏡もあって、月がくっきりと、それこそ手を伸ばせば届くんじゃないかというくらい見えました。

今度、三日月や半月の時にもまた月の観測会をしたいです。月のクレーターって、満月だと正面から光が当たってしまって見えにくいんですよね。時期によって様々な違いを楽しめる月の観測会……オススメです！

ところで皆さんはハネムーンの意味ってご存知ですか？

語源は『ハニー・ムーン』……蜜月のことです。

最近では新婚旅行の意味で使われることが多いですが、元は結婚後の一ヶ月を意味する言葉だったんですよね。愛情の絶頂期を満月に喩えていて、あとは次第に月が欠けていくように愛情も冷めていく……そんな意味が込められているそうです。凄く現実的ですね。甘さがどこにもないです。

でも、月は欠けたらまた満ちます！　そうやって何度も欠けたり満ちたりを繰り返しながら、時にブルームーンのような素晴らしい輝きを持つ日もある……それが愛情なのかもしれませんね。今日、ペンションを訪れた夫妻を見てそう思いました。

まさかブログで愛について語ってしまうとは……月を見ているとなんだかロマンチックな気持ちになってしまいますよね。


以上、ブルームーンとハネムーンについて思ったことでした。

次のブルームーンは三年後……幸福になるためにも絶対に見逃さないようにしましょう。

皆さんも良い夜を！

【第五章】　失われたアルゴ座

時の過ぎるスピードは、まるで星の軌跡のように速かった。僕がこのファーストライトに来て、早くも二週間が過ぎていた。

少しずつ、ペンションの仕事にも慣れてきた頃に、超新星PJの締め切りが刻一刻と近づいてきていた。それは同時に、ファーストライトで過ごす時間の最終日も近づいてることを意味していた。

別れが待っている未来について考えるのは気が重く、僕も志保さんも、それに龍生くんですら、その話題を避けていたように思う。

しかし最終勤務日の二日前になったところで、自分が言わねばと思ったのか志保さんは切り出した。

「あの、昴太さん。これからのことについて、お話があるのですが」

「……はい」

ついにこの時が来たか、と僕は覚悟を決めた。彼女から別れを言い渡されると思うと、悲しい気持ちになった。

それだけに、彼女の言葉は意外だった。

「このペンションの最後まで、『星のコンシェルジュ』として働いていただけませんか？」

「え？」

「どのくらいまでやれるか分かりませんが、頑張ってこのペンションを続けてみようと思うんです。大してあるわけではないですけど蓄えを使えば、もう少しだけ延ばせると思うんです。ご迷惑をおかけするのは気が引けるのですが、最後まで一緒に働きたいんです……」

「……」

大好きな星の知識を活かせる『星のコンシェルジュ』。

彼女の提案はとても魅力的だった。

嬉しかった……。でも、僕は心がどこか引っかかるのを感じた。

（最後……なんかにしたくない）

「ありがとうございます。誘っていただいて本当に、すごく嬉しいです。でも……」

曇る彼女の瞳から目をそらさず、真っすぐに見つめてちゃんと言った。

「もう少し考えさせてください。それに……」

「それに？」

「まだこのペンションとここの星空をみんなに知ってもらうという仕事が終わっていません。僕が初めてやりたいと思ったことは、最後までやり遂げたいんです」

「そうですか。このペンションを宣伝していただけるのは嬉しいんですが、あまり無理しないでくださいね」

彼女は刹那だけ寂しげな表情をしたが、すぐにいつもの明るい表情に戻る。

「ごめんなさい。いきなり転職しろだなんて言われても、困りますよね」

「すみません……素敵なペンションがまだ人に知られずにいるなら、もっと自分の手で紹介してみたいって思うようになったんです」

「じゃあ。仕方ないですね。スーパー編集者になってくださいね」

「ええ。必ず」

「……そんな真面目《まじめ》な返事が来るとは思わなかったです」

彼女の誘いを断ったからには、本気でスーパー編集者を目指さないといけないと思った。今までのような受け身の仕事ではなく、本気でやってみたいと。

「編集者の仕事、応援してますから。頑張ってくださいね」

「ありがとう。僕も、ずっとこのペンションを応援してます」

言い終えた後で、静かな余韻だけが残る。

お互いどれだけ自分の気持ちを伝えきれたか探り合ってるような、そんな静寂だった。

そんな時、扉がバーンと大きな音を立てて開いた。こんな豪快な扉の開け方をするのはこのペンションでは一人しかいない。

「おいおい、俺は反対だぜ！　星のコンシェルジュの代役なんて、そう簡単に務まるかよ」

「龍生……あんた、もしかして陰で聞いてたの？」

「いや、入れる空気じゃなかったからさ」

なんだか恥ずかしくなって僕と志保さんは互いに目をそらした。

「最近ではさ、星のコンシェルジュの噂を聞いてこのペンションにやってくるお客様もいるんだぜ」

「え、そうなんだ」

「だからいなくなったら困るよ」

裏表がない、嘘をつかない龍生くんの言葉だからこそ何げない一言が嬉しかった。

でも、その要望に応えるわけにもいかない。そして返事に困ってる時、いつも志保は助け舟を出してくれる。

「龍生、我侭言わないの」

「でもさあ」

「昴太さんを困らせちゃダメよ」

「……分かってるけどよ」

それ以上、龍生くんは何も言ってこなかった。けれど彼の言い分はもっともで、後任の星のコンシェルジュについて何も考えずに去るのは無責任に思えた。

考えを巡らしてみると、答えは文字通り目の前にあるように思えた。

「それなら、志保さんと龍生くんが星のコンシェルジュになるのはどうかな」

「私たちが、ですか？」

僕のナイスアイディアに真っ先に反対したのは、予想通り『勉強』にアレルギー反応を持っていそうな龍生くんだった。

「いやいや無理だって。星の知識ってものすごくいっぱいあるよな……。俺、全然知らないし、勉強するのも面倒だし」

「まず好きな星を探してみるところから始めるといいよ。いきなり全てを覚える必要なんてないから。星を好きな気持ちがあれば、誰でも『星のコンシェルジュ』になれるんだ。それに……」

「それに？」

僕は志保さんに聴こえないよう、龍生くんに耳打ちをする。

「天体に詳しくなるとモテると思うよ」

「え？　……ほんとか？」

「女性は夜景が好きだと思わない？」

「……分かった。俺、覚える」

単純すぎる、いや、素直な龍生くんはすぐにやる気を出してくれたようだ。どんなきっかけであろうと星に興味を持ってもらえるのは嬉しい。

「姉貴。俺も天体に興味が湧いてきたよ。星の神秘っていいよな」

「何よ急に……まあ、最近は龍生も星に興味持ち始めてたものね」

「志保さんはどうですか？　例えば毎週土曜日に、僕が星に関する知識を教えに来るので、龍生くんと二人で『星のコンシェルジュ』をやってみるとか」

「それはとてもありがたいですけど……昴太さんは大変じゃないですか？　編集者さ

んのお仕事って、すごく忙しそうな印象がありますし」

「僕の方は心配いりません。僕自身がやりたいと思ったから、提案したので」

「大したお礼もできないですよ？」

「そんなの、気にしなくて良いです。その……僕も、星のことを説明できるのは嬉しいですから」

二人に会えるのが嬉しいからと、素直に言うのは少し恥ずかしかった。

「星の知識はそれこそ星の数だけあるから、これから先もずっと教えに来ます」

想像するだけで楽しくなる、素晴らしい未来が見えた気がした。

その未来を形にするためにも、このペンションは潰したくない。

＊＊＊

「以上が原稿となります。写真に関しては後で追って提出したいと思います」

「うむ。なかなか手際のいい仕事で助かるよ」

「いえ。こちらこそ様々なアドバイスをありがとうございます」

締め切りに余裕のある提出なので、半田さんへの報告の電話も気が楽だ。いつもギリギリに提出していたので、こんなこと初めてかもしれない。

全てが順調に動いているように見えた、のだが。

「ところでお前。スタッフインタビューの項目はどうしたんだ？」

「あっ」

完全にチェックから漏れていた単語だった。自分の妄想ではスタッフインタビューなど書けるはずもなく、そこだけ『後で書く』と空欄のまま提出していたのを忘れていた。『後で書く』としたまま書き忘れる……悲しいが編集者あるあるのミスだ。

「全く、お前はいつも詰めが甘い。いいか？　ゴールが見えた時にこそな――」

「はい、はい。すいません……」

そんな訳で電話越しのお説教を三十分ほど続いた。

「じゃあ、完成したらすぐに送れよ」

「あ、はい」

返事を終える頃にはもう電話は切れていた。ドッと疲れがでてくる。

それだけに、志保さんの笑顔には癒された。

「スタッフインタビューですか？　構いませんよ。ちょうどお昼の休憩時にどうかしら」

「ありがとうございます。インタビューと言ってもそんな形式ばったものでもないので、数分で終わる予定です」

彼女に予告した通り、今回のインタビューの内容は既に雛形《ひながた》が決まっている。簡素な質問はスムーズに進んだ。

「ありがとうございます。このペンションがお客様の『第二の家』となればと思っています」

「――なので、このペンションがお客様の『第二の家』となればと思っています」

インタビューがスムーズに進むのは志保さんのしっかりとした受け答えも一因だろう。彼女は初めてされた質問にも関わらず、要点をまとめ簡潔に答えてくれた。

「ええと、ペンションを始めたきっかけはなんだったんですか？」

その何げない質問に、志保さんの表情が一瞬だけ固まる。

「もともと父が経営していたので、私がそれを引き継いだんです」

いつも通りの口調に、いつも通りの笑顔……そのはずなのに、どこか違和感を覚えた。

いつか保留になってしまっていた質問の続きを、する時が来たのだと分かった。

「お父さんはどんな方でしょうか？　ペンション経営を行ううえで影響は受けましたか？」

「父は……」

志保さんの口調は淡々と、用意されていたセリフを朗読するようで感情が感じられなかった。

「とても星が好きな人でした。星のソムリエ……星空案内人として星に関する様々な資格を持っていて、それこそ星の全てを知ってるような人でした」

「やっぱり。志保さんと龍生くんの名前から、ご両親も星好きなんじゃないかと思ってました」

「ええ」

彼女が笑顔を見せてくれたので、なんだかとても安心した。

「志保さんはシホ……逆から読めばホシです。龍生くんの名前は音読みでリュウセイ……きっとご両親は星が好きなのかもしれないって思いました」

「父の星好きは昴太さんと良い勝負かもしれませんね」

「だからだったんですね。この前の天体望遠鏡といい、ここのペンションの天体関係の設備は、全てお父さんが揃えたものだったんですね」

「ええ。あの天体望遠鏡も……父のお気に入りでした」

そこで彼女は一息つき、インタビューの質問の答えを再開する。

「本人は、いつか星空案内人としての自分の仕事を、私か龍生が引き継ぐんだとずっと思っていたようです」

全てが過去形で語られてしまうことが、なんだか聞いていて悲しかった。けれど、もうすぐこのペンションの真実が分かる……そう思うと身が引き締まる。

しかし、突然強く開かれた扉の音で全ては台無しになった。

「龍生くん？　今はちょっと取り込み中だから――」

大事な仕事中だから要件は後にしてもらおうと思った。しかし、いつもにも増して真剣味を帯びた龍生くんの声に遮られる。

「昴太。ちょっといいか？　緊急事態だ……」

「緊急事態？」

「どうかしたの、龍生？」

しかし心配げな志保さんの問いには答えず、彼は僕に囁く。

「さっきからな、ペンションの前をうろうろとしている怪しい人物がいるんだ」

「なんだって！　……すみません志保さん。ちょっと席を外しますね」

「ど、どうしたのよ。二人とも」

志保さんを巻き込むわけにはいかなかった。僕は玄関の先に目をやる。

「……確かに。なんだか怪しい人がいるな」

遠くで黒い服装の人物がこのペンションを凝視している。人里離れたこの場所に、何か用事があるとは思えない。

マスクにサングラス……さらに杖《つえ》を持っている。

「な？　警察を呼んでくれと言わんばかりの不審者だろ」

「確かに警察を呼ぶべき……いや、憶測だけで大事にするのも良くないか」

しかし注意した一秒後、憶測を元に龍生は叫び出した。

「もしかしてあいつ、姉ちゃんのストーカーなんじゃ⁉」

それはあまりに突飛な発想だったが、なんだか龍生くんの真剣な表情を見ていると全くないとも言い切れない。

「志保さんは過去にストーカー被害に遭ったことはあるのか？」

「遭ってねえよ！　けどストーカーの一人や二人、いてもなんら不思議じゃねえ」

「ちょっと落ち着いて」

「落ち着けるか、何か起こってからじゃ遅いんだぞ」

「そうだけど……」

その時の僕らは異様な危機感に迫られ冷静さを欠いていた。特に龍生くんは。

「よし、俺たちで捕まえるぞ。俺が後ろから回り込むから、昴太は前から近づいてくれ」

「お、おい龍生くん……」

「じゃ、行くぜ」

「え？　あ」

もう既に龍生くんは走り出していた。

冷静になってくると事態の危険さを再認識する。

まだストーカーか分からないが、もしペンションで暴力沙汰になんて起こったら大問題だ……それだけは避けなければ鳴らない。

「龍生くん、待って！」

僕の叫び声に反応したのはマスクの人物だった。彼は声に気づくや、一目散に走り出す。

「あ、待ちやがれ！」

「龍生くん！」

弾かれたように走り出す龍生くんを追いかけ、僕も走り出す。ペンションを一周するように、僕ら三人の追いかけっこは続く。

全力で走るのは久しぶりで、すぐに息が上がりそうになる。

まるで蠍座とオリオン座だ。

傲慢なオリオンは神々の怒りを買い、蠍の毒に刺されて息絶えて星座となってしまう。しかしその後も、オリオンは蠍座が東の空から昇ると逃げるように西の空に沈む。

そんなことを考えている間に事は終わっていた。

神話と違った点は、マスクの人物は杖を持っていて身体が弱かったこと。そして、あっさり龍生くんが追いつけたということだ。

「捕まえた！　おい、お前誰なんだ！」

「ちょっと待って、落ち着いて」

「マスクを外して極悪面を見てやる！」

「よせ……よせ！」

言うが早いか龍生くんはマスクとサングラスを取り上げる。その男の手から杖がコロコロと転がり落ちる。

龍生くんの言葉を真に受けて、そこにどんな極悪面があるのだろうと少しドキドキしていた。

「あれ？」

むしろ目鼻立ちの整ったロマンスグレー。なんと言ったらいいか、龍生くんに大人の渋みを与えたような感じだ。

「……あ……なんであんたが……」

「龍生くん？」

彼の様子が突然おかしくなる。マスクをしていた男性も俯いたまま何も答えようとしないし、何がどうなっているやら全く分からなかった。

ただ、どうやら知り合いだということは理解できた。

「二人とも何してるの！」

小走りに近づいてきた志保さんも、マスク男の顔を見て言葉を失う。

「お……お父さん」

「え？　お父さん？」

「あの、失礼しました」

慌てて手を離す。

「離せ！」

怒った時に目付きが鋭くなるのは龍生くんそっくりだ。それで、彼が父親ということに納得がいった。

「いったい何しに来たんだよ、くそ親父《おやじ》」

「……別に、用はない」

「は？」

「偶然通りすがっただけだ。それをお前たちが勝手に引き止めたんだろう」

「あ、あの……ここ、山奥ですけど……？」

完全な嘘である。僕はついツッコんでしまった。

気まずい沈黙が流れた。

「あの、とりあえず立ち話もなんですからペンションの中へ」

「……」

ひとまずこの場をどうにかしようと提案をしたつもりなのに、誰も動こうとしない。

「ほら、こんなところでスタッフが集合していたら他のお客様から変な目で見られてしまうかもしれませんし、他のスタッフも困ってるかもしれませんし……」

お客様という単語を出したことで、ようやく志保さんが反応してくれた。

「そうね……。龍生、三号室が空いてたわね。あそこに案内して」

「だってよ。親父」

「……ああ」

和気藹々《わきあいあい》の親子関係という感じではなさそうだ。その証拠に歩いている最中、誰も口を開こうとはしなかった。

久しぶりに会う、という感じなのに志保さんも龍生くんも、父親の顔を見ようともしない。

憔悴しきった冷めた目の彼を横目で見ながら、僕は志保さんの言葉を思い出していた。

――父はとても星が好きな人でした。

どうして過去形だったのだろう。

一体、この家族に何があったんだろうか……。

＊＊＊

「あの……お父さんは――」

「貴様に父親呼ばわりされる覚えはない」

「あ、すみません……では、なんとお呼びしたら……」

「天野夏彦《なつひこ》……。ところで君は誰だ？」

「先日からここで働かせていただいている、宇田川昴太と申します」

「ふん」

まだ少ししか話をしていないが夏彦さんとはかなり心の距離を感じる。

僕はひとまず先程の失礼を詫びることにした。

「先ほどは……本当に申し訳ありません」

「謝れば済むなら警察などいらない」

「勘違いしてしまって……」

「もういい」

心を開く様子は微塵もなかった。どうやら完璧に嫌われてしまっているらしい。

「長居するつもりはない。ここには偶然通りすがっただけと言っただろ」

「なんだよそれ。久しぶりに会ったっていうのに……姉貴に何も言わない気か？」

「通っただけだからな」

「そんなにいたくないなら、今すぐ出てけよ！」

「龍生、やめて……。出ていかなくていいから……久しぶりなんだし、今日くらいはゆっくりしていって……お父さん」

「……でもよ」

龍生くんは黙ってしまった。——そのまま、水を打ったような静けさと気まずい沈黙が続いた。

久しぶりの親子の会話とは思えない冷淡な雰囲気だ。一体彼らの間に何があったのだろうか？

聞きたいけれど、志保さんと夏彦さんに聞けば何か危ういバランスを壊してしまう気がする。

夏彦さんを置いて、キッチンへ。残っていた皿洗いをする龍生くんと二人きりになった時に恐る恐る聞いてみることにした。

「あの……お父さんと仲、悪いの？」

「……良いように見えたか？」

「いや……」

バシャバシャと皿を洗う水音が少しうるさかったが、お互いの顔を見ないで済むのは少し都合が良かった。

「聞いても良いかな？　龍生くんのお父さんのこと……」

「……話したくねぇ」

「もし志保さんと龍生くんが悩んでるなら、力になりたいと思う……だって、家族だろ？」

その言葉に偽りがないかを確かめるように、龍生くんは僕の目を真っすぐ見つめた。

「本当に、力になってくれるのか？」

彼は水を止めると、深い溜め息を一つついた。信じてくれたようだ。

「母さんな……俺が十五のころに亡くなったんだ」

悲しい事実に、思わず皿を洗う手が止まった。

「過労だったんだ……ペンション経営の激務で疲れ果ててたんだよ」

「そう、か……。大変だったんだな」

「その原因は誰にあると思う？」

「……」

「もう、分かっただろ？」

どうやらその出来事が、不仲の原因となったようだ。

「ペンション経営って素人《しろうと》がやるもんじゃないよな。本当に大変なんだよ」

彼はそう言って両親がいかに苦労していたかを語る。真夜中にお客様に突然起こされることもあるし、お客様の誰よりも早く起きて朝の準備をしなければならない。安定とは言い難い収入から、経理の心配は尽きない。

あの頃は今とは違いスタッフを雇う余裕もなかったという。

「客に星の素晴らしさを伝えたいから休んでなんかいられない……それが親父の口癖だったよ。母さんはいつも笑って働いていたけど……本当は無理をしてたんだな。でもそれに気づかずあいつは働き続けさせたんだ……」

彼の話を聞きながら、段々とその頃の情景が頭に描かれてくる。

夢を追い続けた父親と倒れるまで働き続けた母親。

何もできなかった志保さんと龍生くん。

「でも、少しは罪の意識があったんだろうな。親父はそれ以来、変わったよ。ほとんど笑わないし、客に星のことを聞かれても何も答えなくなっちまった」

このペンションが嫌いになってしまったんだ、と龍生くんは悲しそうに言った。

「うちな、毎年、家族で夏の流星群を見るのが恒例のイベントだったたんだ。大変なことがあっても、これからもずっと家族で一緒に見ようなってって約束してたのに、なのにあいつは……」

僕はかけるべき言葉が見つからなくて、ろくな相槌も打てなかった。

「それからだよ。親父はこのペンションをやめると言い出したんだ。あいつからしてみたら、このペンションは母さんを殺した憎い建物にさえ見えてたのかもしれないけど、文句も言わず付き合った母さんはどうなる？　自分勝手だよな」

夏彦さんにとってこのペンションは、自分の情熱を全て注ぎ込んだ夢そのものだったのだろう。その愛着も、その憎しみも、きっと深すぎて僕には想像することもできない。

「でも、姉貴にとってここは母さんとの思い出が詰まった最後の場所だ。ペンションをたたむだなんてとても考えられなかったんだ」

「大変だったんだね」

「ああ。その日からずっとあいつと姉貴の言い争いが絶えなくなった」

「あの穏やかな志保さんからは信じられないな……」

「姉貴にだってさ、いろいろ思うところはあったんだ。姉貴は母さんが無理してるって気づいてたんだろうな。……だから、母さんが倒れる前からも、親父とは喧嘩してたよ。……ちゃんと母さんを守ってよって、怒鳴り声を上げたのを聞いたこともある」

「志保さんが……」

「あれから……ずっと本心とか言わなくなっちまったからな……だから心配なんだ」

僕にとって志保さんはいつも穏やかな笑みを浮かべて身守ってくれる、月のような人だと思ってた。そんな彼女が心の底に秘めていた悲しみだとか、憤りだとか、出さないようにしていただなんて考えてもみなかった。

僕は彼女の何を見てたんだろう……。

「親父は何も言わずに家を出ていっちまった。で、ずっと連絡もよこさなかったんだぜ、今日までずっとな」

「なんで……出ていっちゃったんだろう」

「……知るかよ。姉貴は、母さんが亡くなって以来ずっと俺を育ててくれたんだ。ほんとは姉貴も悲しかったはずのに、頑張ってたんだよ、母さんみたいにな」

「志保さん……苦労してたんだね……」

「だから俺は絶対にあいつを許せねえ。でも……姉貴の力になれねえ自分もなんなんだろうなって思うよ」

相槌なんて打てなかった。

その話を聞いて初めて龍生くんが抱えていたものが分かった気がした。

少し空回りしたやる気も、早く姉に恩返ししたいという気持ちから来たものなのだったんだろう。

「あいつ、なんで急に来たんだよ。俺、どうしたら良いか分からねえよ。親父をぶん殴ればいいのか？　どうすりゃいいんだ」

「龍生くん……」

彼は長い間悩んでいたのだろう。握りしめた拳をどうするべきかも、かけるべき言葉が何かも分からずにずっと。

「親父は本当に星が大好きで……いつもは無口なのに、星のことになるとほんとよく喋ってさ。俺たちはそんな親父が好きだったのに……」

龍生くんは本当はずっと待っていたのだろう。大好きな父が帰ってくるのを。

「話してくれてありがとう」

「……部外者が分かったように言うなよ」

息が詰まる。心に突き刺さる一言が僕を襲った。

龍生くんの皿を洗う手が止まる。

「……俺らじゃなきゃこの気持ちは分からない」

今回、事情を聞くのに龍生くんを選んだのは、彼なら本心を話してくれると思ったからだ。志保さんとはさっきのことがあって以来、まともに会話をしていない。

「でも……せっかく久しぶりに会ったんだから……二人でさ、親子が仲直りできるよう頑張ってみてもいいんじゃないかな？」

「七郎さんたち夫婦を見て志保さんが言ったんだ。家族は仲がいいのが一番だって。きっとあれは、彼女自身の願いでもあったんじゃないかな」

「そんなこと言ってたのか」

「うん。僕も心からそう思うよ。家族って……大事だよな」

「……そうか」

彼は考え込んでいるようだった。姉への恩返し。父親との関係。彼もいろいろ思うところがあったんだろう。突然の父親の来訪に困惑しているはずだった。

「僕は……部外者じゃないよ」

龍生くんが僕のほうを見る。

「だって、ここは僕の第二の家でもあり、志保さんも龍生くんも……夏彦さんだって僕の家族なんだから。だから――」

「あー、もういいよ」

「いや、良くない」

「そういうんじゃなくて！　分かってるよ……」

「……」

「え？」

「俺だって分かってんだ。くそ親父を見た時、今までのことを思い出して怒りもあったけど、でも……昔みたいに家族で仲良く一緒に暮らせたら……って」

「じゃあ、動こう。考えてたって始まらない」

「でも、そんなに単純じゃねーよ。俺以上に姉貴は混乱してると思う」

「また戻れるよ。僕だって夢を取り戻したんだから、龍生くんだって、志保さんだって」

「俺も？」

彼の問いかけに頷くと、どうやら心はもう決まったようだ。

「あーーーーー！　バカみてー」

彼の突然の叫びに驚いたが、その表情は決してネガティブなものではなかった。

「俺がやらなくちゃ、誰がやるんだよ……ってことだよな」

「うん」

彼の素直さが頼もしく見えた。迷いがなくなった時の龍生くんがどれだけ心強いかを僕は知っている。

「なあ昴太。まずは何をすれば良い？」

「そうだね。まずは――」

課題はいくつもある。この夜が勝負だ。

翌日、夏彦さんが帰るまでに志保さんと話し合うきっかけを作らなければならない。

時間の猶予《ゆうよ》はそう残されてはいない。

だが何よりも……先ほどから食器を洗う手が完全に止まっていたことに気づいた。

「まぁ……まずは、この皿洗いをしながら二人で考えよう」

＊＊＊

僕は茂みから志保さんを見ていた。ある作戦を決行するためだ。

「昴太さんがいなくなった？」

志保さんの甲高い声が夜に響く。

「ああ、さっきから昴太の姿がどこにも見当たらなくて」

龍生くんもなかなかどうして、役者ばりの演技だった。

僕は多少の後ろめたさを感じつつも、茂みに隠れながらスカイウォッチングの様子を見守っている。

今日のファーストライトでの星見……スカイウォッチングには裏の目的があった。

志保さんと夏彦さんの和解のきっかけ作りだ。

作戦は至ってシンプルだ。

「――今夜、お客様が星の解説を頼むはず。そこで、僕はいなくなるんだ」

「――いなくなる？」

「――そうなると、どうなる？」

「――解説者がいなくなる」

「――そう。でも、このペンションで星の解説をできる人はもう一人いるはず」

「――なるほど。そこで親父の出番というわけか」

志保さんはお客様のためならば、父親を頼るだろう。きっと夏彦さんも、志保さんの頼みとあれば断れないはず。志保さんと龍生くんが心配なんだ。じゃなきゃ、こんな山奥までわざわざ来ない。

……そして今。

「あ、あの、今、案内人を呼んできますので少々お待ちください」

お客様を待たせまいと困った志保さんは夏彦さんを頼りに行くはずだ。稚拙な計画だが、順調に物事は進んでいるようだった。

それから十分――。

そろそろお客様も不安になってくる頃だ。僕も茂みに隠れ続けることに罪悪感を抱き始めた頃、志保さんが夏彦さんを引っ張ってやってきた。

「志保……なんで私が」

「今は、お父さんしかいないの」

「だからって……」

「昴太さんがいなくなっちゃったの」

まだ話し合いは円満というわけではないらしい。当然だ。何年も会っていなかった家族が会ったんだ。話したいことが山ほどあるはずだ。でも、今はそんな状況じゃない。

(ごめん……心苦しいけど、今は我慢……)

「お願い、今日だけ……だから」

「ああ、今日だけ……だな」

「うん……今日だけ」

突如連れてこられた夏彦さんは観念したように一息つく。

「どうなっても知らんからな」

その様子を見て、僕は思わず拳を強く握る。娘の我侭を苦笑しながら聞く父親、そんな自然な親子のように見えた。

遠くて龍生くんの表情はよく見えなかったが、彼の表情は確かめるまでもないだろう。満面の笑みに決まっている。

「皆様、大変お待たせしました」

「お待たせしました。今夜は皆さん、私と一緒にお付き合いください」

夏彦さんはお客様相手によく張る声で語りかける。その一言だけで、ざわめきかけていた会場が静まる。

「今宵《こよい》はお集りいただき、ありがとうございます。ファーストライトの星見……スカイウォッチングの心得について、わたくし天野夏彦が説明したいと思います。何ぶん、久しぶりの解説となりますが、皆さんにお楽しみにいただけるよう頑張りますので、聞きたいことがあったらなんでも聞いてください」

僕とは違い、ブランクを感じさせない堂々とした安定した喋りだった。その渋い声に、早くも女性客から黄色い声援が上がる。

でも、真に評価すべきはその内容だった。

「それでは。まずスカイウォッチングをするにあたって……」

陰で聞いていて、思わず表に出て直接聞いてみたいという衝動に駆られた。

説明は非常に分かりやすく、ウィットに富んでいる。

僕の説明と違って、客を一人一人相手にしているかのような余裕があった。

何年間も星の解説を務めてきたキャリアの差。星座のエピソードも僕よりもはるかに完璧な説明だった。完全に脱帽だ。

(これが、本物の星のコンシェルジュ……)

僕は自分の力不足を痛感し恥ずかしくなる。

それは僕のような即席の星のコンシェルジュとは違い、全てが洗練され尽くしていた巧みの技だった。

単なる星好きの語りではなく、星を理解して、観客が星をみる楽しさを味わえるよう表現する。聴衆たちはすぐに彼の作る星の世界へと誘われた。

彼の話し方、話す内容、独特の間、観客とのコミュニケーションのタイミング……その全てが優しさから成り立っていた。

でも、なぜそんな人が志保さんたちをおいて出ていってしまったのか。僕には理解できなかった。

しかし、全てが順調には続かない。

突如、トラブルは訪れた。

「あの、あそこにある大きな星はなんて星？」

お客様の一人が指差したのはデネブだ。夏の大三角形を探すにあたり、全ての起点となる星。

星に少しでも詳しい者ならば即答できる星だろう。

しかし――。

「あれは……」

突然、夏彦さんの様子がおかしくなった。

「あれはですね……」

彼は夜空を見上げても、辛そうな顔をするばかりで星の解説を始めることはなかった。

一体彼に何が起きたのか？

彼の突然の沈黙に、やがてお客様たちもざわめき始める。

そして……。

「……申し訳ございません。私には皆様を楽しませるほどの技量がなく……本日はここまでとさせていただけたらと思います。ご静聴ありがとうございました」

それだけ言い残し、彼は逃げるように走り去ってしまう。

突然の終了の言葉に観客のざわめきが大きくなった。

「え……ちょっと、お父さん！」

遠ざかる背中には志保さんの声も届かない。

それっきり、夏彦さんが戻ってくることはなかった。

結局、僕は飛び出すことになる。星の解説の続きは僕がやることになった。

志保さんに目で謝りながらも、お客様にお詫びをする。

いい感じだったのに作戦は失敗に終わってしまった。

なぜ、こんなことに……。

＊＊＊

なんとかスカイウォッチングを終えた直後、僕は迷惑をかけたことの謝罪に夏彦さんの泊まっている部屋を訪れる。

「すみません。僕の代わりに出ていただいたそうで……」

夏彦さんに頭を下げるのはもうこれで四度目ほどになる。

「代わり？ ……わざとだろ」

「……あの……」

完全にバレていた。

「この話はもうしたくない。出ていってくれ」

彼はまた人を寄せつけず、心の殻に閉じこもってしまった。

つい先ほどまで、優しい声で星の解説をしてくれたコンシェルジュの姿は見る影もなかった。

以前の僕ならば、この時点で諦めていただろう。でも、今は違う。

人の心を動かすには自分の本心でぶつからなければいけないと、ここで出会った人たちが教えてくれた。

「すみません。夏彦さんに出てほしくて、隠れていました」

「もういい」

「少しだけでいいんです。三分……いや一分だけでもいいので話を聞いてください！」

彼から拒絶を感じるが、聞いてもらわなければならない。僕は本心を全て話すつもりで喋りかける。

「あの、さっきの星の解説……感動しました。全部は聞けなかったですけど、良かったです。僕がいかに未熟かってことが分かりました」

「なんの話だ？　あんな大失敗したのに、バカにしているのか？」

「ち、違います！　そうじゃないんです」

僕は自分の気持ちを伝えるのが下手だ。でも、そんなことを言ってる場合じゃなかった。伝えたい言葉をストレートにぶつけてみることにした。

「夏彦さんは星を嫌いになったと聞きました。……でも、本当に星が嫌いな人にあんな素晴らしい解説はできないと思うんです。なんというか……夏彦さんは本当に星が好きでみんなに知ってもらいたいと思っている気持ちがすごく伝わってきたというか……。このペンションに来たお客さんのことを大事に思っているんですね」

「……さっきから買いかぶり過ぎだ」

「あの……本当に、星を嫌いになってしまったのですか？　それに、このペンションを……あなたのご家族を嫌いになってしまったんですか？」

「……」

彼は答えなかった。頑に閉ざされた彼の心が開くには、まだまだ時間が必要なのだろうか。

でも彼は、志保さんの呼びかけに初めは応じてくれた。彼自身も、何か思うことがあったはずなのだ。

本当に彼が嫌いになってしまったならば、僕にはこれ以上踏み込むことはできない。でも、彼がここに来たのは、このペンションに、いや、自分の家族に会うためだ。

僕は彼の中に眠る家族に対する愛情を信じたかった。思い出してほしかった。

「ここ……このペンションは、本当に僕の理想通りのペンションなんです」

彼は何も答えなかった。でも、僕はお構いなしに話を続ける。

「夏彦さん。僕は星が好きです。特に、星座の中ではアルゴ座が好きです」

「なんだね突然………それにしても、随分とマニアックな星座が好きなんだな」

「さすがですね、名前を聞いただけでお分かりになるなんて」

「まぁ……な」

「どんな星か、教えていただけませんか？」

「え？　ああ……古くからあるトレミー四十八星座の一つだが、八十八星座に置き換わる時、唯一消えてしまった星座だろ？」

「はい、その通りです」

スラスラと、まるで目の前にある星座辞典を読み上げているようだった。改めて、彼の膨大な星の知識の片鱗《へんりん》を垣間《かいま》見る。

「消えてしまった星座が好きだなんて、もの好きな奴だな」

「もの好き……かもしれませんね。でも、確かにアルゴ座は四つの星座に別れてしまいましたが、アルゴ座は消えたわけじゃない……夏彦さんが知っているように、その存在は決してなくなったわけじゃありません」

たとえ星座がなくなってしまっても、人々の記憶からは決して消えてしまうわけではないことを、アルゴ座は教えてくれる。だから、好きなのかもしれない。

「このペンションには……昔、ここで星を見た感動を忘れられなくて再び訪れるお客様も少なくないそうです。少し前に来た、お客様もそうでした」

彼女は妹とここの星を見て、また以前の自分を取り戻した。夏彦さんもきっと同じだ。

「私も一緒だと、そう言いたいのかね？　また星を見にきたと」

僕は頷いた。

「ええ、こんなに天体グッズに囲まれた素敵なペンションを経営していた人が、簡単に星を嫌いになるはずがありません」

僕はこのペンションに来てから、ずっとペンションに残る夏彦さんの影を追い続けていたのかもしれない。

「それに……星だけじゃなくて、家族が忘れらないいんじゃないですか？」

「……」

「志保さんは言いました。『星は見えないだけで必ずそこにある』と。僕はこの言葉を聞いて、忘れていた大切なことを思い出しました。でも、この言葉——志保さんじゃなくて、あなたの言葉だったんじゃないんですか？」

夏彦さんの肩が微かに震えた。今の言葉は、彼の心に突き刺さったようだ。

きっとあの言葉は、彼が志保さんに贈った言葉なのだろう。そして志保さんが僕へと伝えてくれた大切な言葉でもある。

彼女が以前、僕に言った時、優しい顔になったのは、きっと夏彦さんとの思い出の言葉だったからだ。

「昔のことだ……」

彼は昔の自分にはもう興味がない、とでも言いたげな目をしていた。でも、彼の肩が震えたのを僕は見逃していない。

「それに、今はこんな風に思う……どんなに頭上に美しい星が輝いていても、それを見ようとしない人間もいるんだ」

「そんな……」

「おそらく、聞いているだろ？　妻のことは……」

「はい……」

「私は妻が苦しんでいる時に、自分の夢を追っていただけだった。私の身勝手な夢に付き合ったがために妻は死ぬことになった……。星が美しい話ばかりではないことを君も知ってるだろう？」

答えられなかった。それは彼の深い後悔が伝わってきたからだ。

僕に簡単に理解できるはずもない。

夏彦さんの震えた声から、彼の自責の念が伝わってくるかのようだった。僕は何かを伝えたかったのに、言葉を失ってしまった。

呆然《ぼうぜん》と立ち尽くす僕に夏彦さんは言った。

「私はね、このペンションが憎いんだよ」

二〇XX年　〇月×日
『オルフェウスの琴の音に』

こんばんは。

雨の日も晴れの日も天体観測が好きな宇田川昴太です。

もうすぐファーストライトでの生活も終わるかと思うと、寂しいです。

ファーストライトには宿泊客の皆さんと行う恒例のスカイウォッチングというものがあります。

でも、今日は、僕ではなく、ある方が解説を務めました。

僕はその方のおかげでとても楽しい一時を過ごしました。

今は、琴座が綺麗に見える時期です。

夏の大三角形のベガさえ見つければ、琴座はすぐに見つかります。ベガを起点とした線で結んでいけば……すぐに琴の星座が見えてきます。この琴は外国の琴をモチーフにしているので日本人にはややイメージしにくいかもしれません。

ところで、皆さんは天の川の近くにある琴座の、悲しい神話をご存知でしょうか？琴座の琴って、詩人オルフェウスが持っていた琴なんです。なんでもオルフェウスは動物でさえも魅了するほどの琴の腕前だったとか……羨ましい才能です。

ですが、そんなオルフェウスの物語はとても悲しいものでした。

ある日、オルフェウスの最愛の妻、エウリュディケが毒蛇に噛まれて亡くなってしまう悲劇から彼の物語は始まります。

彼は愛する妻を取り戻すべく、冥界へと冒険することにしました。そんなオルフェウスの悲しい琴の音色は冥界の住人さえも虜《とりこ》にし、ついには冥界の王ハデスに愛する妻を返してもらうよう説得することに成功します。

でも、ハデスは、彼に条件を一つ出します。冥界を出るまで決して振り向いてはいけないと……。

オルフェウスは妻を連れて地上を目指すのですが、あと数歩で出られるというところで妻の足音が聴こえなくなった気がして、不安にかられて後ろを振り向いてしまうんです。

そして最愛の妻エウリュディケは冥界に連れ去られ、二度と会えなくなってしまい、オルフェウスは悲しみのあまり発狂して死んでしまったんです。

そんなオルフェウスの琴は星座となり、今でも夜空に悲しい音色を響かせていると言われています。

なんて悲しい話なんでしょうか。

僕が知る限り、星座神話の中でも一、二を争う悲劇だと思います。

他にも蛇使《へびつか》い座アスクレピオスが死者を生き返らそうとして罰を受けた話など、神話では徹底して死に対する重い現実が描かれてます。神々の力を持ってしても、基本死者を生き返らすことはできないようです。

愛し合った二人を死が別ってしまう。どうしようもないことだと分かっていても、悲しくて辛いです。

オルフェウスにも何か救いがあってほしい……今日は、そんなことを感じた夜でした。

【最終章】　小犬座のメランポスは泣いている

夜空の星をこんな悲しい気持ちで見つめることになるなんて。

僕は夏彦さんの言葉について考えながら、一人になりたくて、また中庭に来てしまった。ここから見える満天の星空は相変わらず美しい。この星空を見ればどんな人の悩みだって消えてしまうと思っていた。

だけど、実際にはこの星空をみて辛いという人だっている。僕は分かったようで分かっていなかったのかもしれない。

そのまま夜空の暗い闇に飲み込まれてしまいそうだった、そんな時、後ろから僕を呼ぶ声がした。

「昴太さん」

振り返ると、志保さんの姿があった。

「こちらにいらしたんですね」

ひょっとして、僕を探して走り回ってくれていたのだろうか。

「ずっと戻らないから、心配しました」

「あ、すみません……それに、スカイウォッチングのこともすみません。いろいろ説明したいことがあったんですが、今はうまく言えなくて」

志保さんの顔が見られない。どんな顔をして、どんなことを言ったらいいんだろうか。僕には分からない。

「昴太さん、私たち親子のことで気を使わせてしまったったようで、すみません」

「いえ。僕こそ余計なことをして……謝るのはこちらの方です」

彼女を元気づけたいのに、できない。

「あの、私たちのことは気にしないでください」

(そんなこと……できるわけない)

石久保さん夫婦の仲を取り持った時、僕は志保さんに「家族にしかできなことがある」と無理を言って天体イベントを実行させてもらった。でも、自分のもう一人の家族——、志保さんと龍生くんが悩んでいるのに、何も力になれないなんて思いたくない。

僕には星のことしか語れない。でも、何か力になりたかった。

「あの……小犬座《こいぬ》のゴメイサって、ご存知ですか？」

「え？　ゴメイサ？」

僕は夏の夜空の中、今は見えない冬の星座を思いながら志保さんに聞いてみる。冬の大三角形の最後の一等星、プロキシオンのある小犬座。

「いえ。昔、聞いたことがあるはずなんですが、忘れてしまっていて……」

「そうですか。えーと、ゴメイサというのは、子犬の星座の目の部分の星を言うんです。それは『微かなもの、涙ぐんでいるもの』って意味です」

「泣いている子犬……ですか」

「その星座の悲しい神話を知るまでは、僕はその目が泣いているだなんて全く思いませんでした。でも、神話を知った後だと、その目が泣いていることがよく分かります。そんなゴメイサを見るたびに思うんです。ひょっとしてみんなには見えていないだけで、泣いている人もいるんじゃないかって……」

「……大人になると、みんなそういったものは人に見せなくなりますものね」

志保さんの言う通り、きっとみんな様々なものを抱えているのだろう。感情を表には出さない。今までの僕はそれらに向き合うこともなく、見落として、時に気づいたとしても素通りしてきた。

でも、もうそんなのは嫌だ。

「志保さんも同じゃないですか？」

本当に大切な人に涙は流させたくない。

「本当はずっと寂しくて、お父さんを待っていたんじゃないか、一緒に暮らしたいんじゃないかって、そう思ったんです」

「そんなことはないです。明日になったら父は帰りますので」

志保さんは困ったように笑顔を見せる。彼女は周りに心配させないようにと、いつも微笑みを見せていた。その笑顔は完璧で、誰もその裏で泣きたい気持ちを必至で堪えているだなんて思わないだろう。

「帰る場所なんてないです。ここが、夏彦さんの帰ってくる場所なんです」

「……」

僕がこのペンションについて疑問に思い始めたのは、物置に置いてあった天体望遠鏡をみた時からだった。

「あの天体望遠鏡、ずっと使われていなかったのに、ちゃんと手入れされていました。なぜ、使い方もよく分からないのに大事にしてたんですか？」

「それはお客様からのご要望があったら出せるようにと……」

「でも、捨てることだってできたはずです」

「あれは——」

「それに、このペンションの天体グッズの数々。片づけることもできたのになぜしなかったんですか？」

「それは……単に私が貧乏性だからです。ほんと、大した意味なんてないんです」

はぐらかす彼女の態度は、言外に『深入りしないで』と訴えているかのようだ。

そこまで分かっていても、僕は聞かずにいられなかった。

「お父さんとお母さん、龍生くん、家族との思い出が詰まったこのペンションを大事にしていたからじゃないんですか？　お父さんとの思い出を大切にしたかったんじゃないですか？」

「違います。……ただここの経営に必死なだけなんです……」

「……そうですか」

そう言われたらこれ以上踏み込むことはできない。

「頼りたくなったら、頼ってください。僕だってここの家族の一員なんですから」

「ありがとう……昴太さん」

ぽつりと彼女は言った。

「お気遣い、すごく嬉しいです。でも、どうしようもないことだってあるんです。だから……だから、そっとしておいてください」

彼女は震える声でハッキリと言った。

「えーと、流れ星に三回願い事を唱えたら願いが叶うって、子供の頃に教えられるじゃないですか。小さい頃は流れ星を見かけるたびに慌てて願い事をしていました。でも、みんないつかは気づくんです。どんなに願っても、亡くなってしまった人が帰ってくることはないんだって」

彼女の言いたいことが分かり、僕は悲しい気持ちになった。どんなに星に願ったところで、死んでしまったお母さんは戻らない。家族全員で仲良くという彼女の願いは叶わない。

「私にとって大事な場所でも、父にとってはこの家は忘れたい悲しい思い出が詰まった場所なんです。自分の夢だったからこそ、余計に……。昔は、なんでここからいなくなっちゃったんだって思ってたけど、今は少しだけですが、その気持ちが分かるようになりました……どうしようもないんです」

彼女は理解しようとしていた。

（どうしようもないこと……）

彼女の一言が頭に引っかかった。

（志保さんは苦しんでいる。でも、本当にどうしようもないのか、何か、何かあるんじゃないか）

夏彦さんも同じように、変えられない何かに苦しんでいた。もしかしたら星の解説で詰まったこと、あれが解決の糸口になるんじゃないか……？

（単なる僕の思いつきかもしれない、でも力になりたい。家族として……）

「どうしようもないかもしれない、でも、そうじゃないかもしれない。僕の話を聞いていただけないでしょうか」

と、前置きをして僕は話し始める。

「僕が星を好きになった理由、それは両親の影響なんです。キャンプ好きの父が家族旅行に連れていってくれた時、母はよく星の話をしてくれました。母は星が大好きで、毎年、本当は悲しいはずの星座の神話を素敵な話に置き換えて聞かせてくれていたんです」

彼女は静かに相槌を打ちながら、じっくりと耳を傾けていた。

「もっとも、当時の僕には難しい話も多くて、理解できない話もありました。それに……星座の話なんかよりも、面白いことが他にたくさんあると思っていました」

「今の昴太さんからは想像つかないです……」

「そうですね。もしかしたら、あのことがなかったら僕は……星をここまで好きならなかったのかもしれません」

辺りは静かだった。

今夜は、虫の鳴き声はほとんど聞こえなかった。時々、ほんの微かに聞こえるだけ。そんな静寂の中で僕は話を続ける。

「でも、ある日、母が突然亡くなりました。本当に突然のことでした。交通事故に巻き込まれ、そのまま帰らぬ人になりました。その時、僕は子供心に『死』というものが全く理解できませんでした。昨日まで母は健康に生きていたんです。そんな人が突然いなくなるなんて……」

「そう、だったんですか……昴太さんもお母様を亡くされていたんですね」

もしかして志保さんの問題に首をつっ込んでいるのは、自分と彼女をどこか重ねているからなのかもしれない。

「ある日、悲しんでいる僕に父が言ったんです。『お母さんは星になったんだ』って。『だからどこかにいつもいるんだよ、空に浮かぶ星として見守ってるんだよ』って」

今でもその言葉の意味を考える時がある。

本当に人は死んだら星になるのだろうか、と。

「きっと、死んだ人は天から見守ってくれているということを伝えたくて、ずっと昔からこうやって言い伝えられてきたんでしょうね」

「そう……ですね」

「だから星を探していれば、いつか母の星を見つけられると思ったんです。それに星を調べると、母の話を思い出す時があって、今は良い思い出として僕のこの胸に眠ってます」

そう言って僕は自分の胸を軽く叩いた。

「父がくれたのは小さな望遠鏡でした。天体が見えるほど高性能ではない、普通の望遠鏡です。でも気がつけば、その望遠鏡で天体観測に夢中になっていた。星を探すことに夢中でいられる間は、悲しい気持ちを忘れられた気がしたんです」

そうやって、僕は星を好きになった。いつでもどこでも空にいる、と考えると、不思議と悲しみと不安が和らいだ。

「僕は志保さんのお母さんがどんな人だったか知りません。でも、もし空で見守っていてくれるとしたら……きっと、今の志保さんや家族を見てなんとかしたいと思っているはずです。家族、ですから」

家族は仲がいいのが一番、と言ったのは志保さんだ。

行動を起こすとしたら今夜しかない。

「今夜、僕に少しだけ時間をいただけませんか？」

＊＊＊

星が輝きを増す時間。

夏の夜には珍しく今夜は夜風が少し冷たい。

もうかなり遅い時間だった。そんな時間からの、天体観測の提案に龍生くんは不満を隠さなかった。

「なんだよ昴太。こんな時間にスカイウォッチングなんて……。それに、今日は俺もだけど、姉貴もそんな気分じゃないと思うぞ」

「ほら見て！　今日はね、深夜からペルセウス流星群が綺麗に見える日なんだ。せっかくのチャンスなんで、みんなで見られたらと思ってさ」

「そういうのは、タイミングを考えろよな」

龍生くんはそう言って、後ろの二人に目をやる。

志保さんと夏彦さん。共に言葉を交わすこともなく、目を合わせずに座っている。

僕は二人に聞こえないように小さな声で話す。

「龍生くんだって、お父さんとお姉さんに仲直りしてほしいと思っているし、一緒に家族として暮らしたいと思ってるんだろ？」

「それはもう失敗しただろ……これ以上、どうしようもないんだよ」

「だったら、流れ星にお願いしてみない？　奇跡が起こるかもしれないよ」

「星が解決してくれるんだったら、とっくに解決してる……」

「まぁ、そう言わずに付き合ってよ。今度こそうまくやるから」

「……」

龍生くんの心配は分かる。でも、さっきは失敗したけど、今度はきっと大丈夫。

困惑する夏彦さんには無理やり来てもらった。

僕のやろうとしていることは既に気づかれているんだろう。

親子の仲を取り持とうとしていることはバレバレだ。だから、僕はあえて隠そうともせず、「一緒に星を見ませんか？」とストレートに誘った。

だが、彼は志保さんの横で気まずそうにして部屋に戻る口実を探そうとしているようだった。落ち着きのない夏彦さんに僕は尋ねてみる。

「夏彦さん、夜空を見てください。今日は星がたくさん流れていますよね」

「……」

夏彦さんが空を見上げる。

「僕、不思議に思うんです。なんで流れ星って願い事を三回も言わないと叶えてくれないんでしょうね？　そんなに早くお願いしなくちゃいけないんだったら、ほとんど成功しないですよね？」

「……そんなことのために呼んだのか。所詮、あれは子供を喜ばせるための迷信だ。もういいだろ……せっかくだが、今日はもう疲れたんだ……部屋に戻らせてもらう」

夏彦さんは、疲れたといった表情で僕に訴えて椅子から立ち上がるが、僕はそれを無視して指を差しながら星が流れる方向を促す。

「あっち見てください。流れました。あ、今度はこっち」

彼は動こうとしなかった。

彼の口調からして、娘たちと話したいと思っていることは分かる。でも、きっかけがないだけだ。僕はそのきっかけを作ってあげたいと思う。

(夏彦さんも志保さんもここに来たってことは、望みがないわけじゃない。それに早くしなくちゃ……今日じゃなきゃダメなんだ)

「子供を喜ばせるだけ……でしょうか？　大人だって案外、お願いしますよ？」

「こんな話をするためだったら……もういいだろ、私のことはもうほっといてくれ」

「では、『ここから帰りたい』と流れ星に三回お願いすれば、願いが叶うかもしれませんね。ほら今も流れました」

「なんで私が」

「なんで、星が流れる方向を見ないんですか？」

これだけ星が流れているのに、夏彦さんは一回も願い事を言うことはない。

当然かもしれないが、夏彦さんがそんなお願いを星に告げることはなかった。

「やっぱり……そうだったんですね」

僕は自分の憶測が間違っていないことを理解する。

「夏彦さん……あなたは星を見ないんじゃなくて、見えていないんですね？」

「え？」

先ほどまで明後日《あさって》を向いていた志保さんが反応してこちらを振り向く。

「……ああ、そうだ。……初めから私を試すつもりでペルセウス流星群を見ようと言ったのか？」

「ええ、そうです」

僕は頷いた。

「なぜこんなことをする？」

星の解説をしようとして、途中でやめてしまった夏彦さん。

それは自らの意志でやめたのではなく、『どうしようもないこと』により説明ができなくなったのではないか？

「僕は、あのスカイウォッチングをしている時、夏彦さんほど星に詳しい人がなぜ説明ができなかったのか、ずっと考えていました。答えたくない理由があるんじゃないかと。でも、それは間違いでした。お客さんに星の位置を指差されて、夏彦さんはその場所が分からなかったんです。それまで説明ができていたのは、その素晴らしい知識があったからで実際の星は見えてはいなかったんです」

その考えに行きついた時、様々な疑問が解けた気がした。

ずっと不思議だった。なぜ彼は昼間走って逃げたのに、片時も杖を手放さないのか。

それは、暗所での視力のなさをカバーするためだったとしたら？

「昴太さん、一体どういうことです？」

暗い闇の中では視力が極端に落ち、夜空に浮かぶ星々が見えない症状——夜盲症《やもうしょう》。

「夏彦さんは、夜盲症でまともに星が見えていないんです」

＊＊＊

星を好きな気持ちさえあれば誰でも星のコンシェルジュになれる。

そんな軽はずみなことを、龍生くんに言ってしまったことを思い出した。

夏彦さんには、夜空の星はよく見えない……。

その事実に思いあたった時、なぜ、彼が家族とのスカイウォッチングをキャンセルしたのかが分かった。

「もしかして親父が、星を見る約束を守らなくなったのは……」

「そう。夏彦さんは、自分の病気を気づかれたくなくて、参加しなかったんだ」

「そうだったの……」

「心配をかけたくなかったんだよ、志保さんと龍生くんに」

あらゆるところに星に関するものが散りばめられたこのペンション。だが、奥さんを失い、視力を失った彼にとっては苦痛の元凶だったのかもしれない。

「なんだよそれ……なんでそんな大事なこと言ってくれなかったんだよ！」

叫びにも似た龍生くんの問いかけに、夏彦さんは答えられなかった。ただ、真実を暴いた僕を恨みがましく見つめていた。

「初めはすぐに治ると思っていた。星が見えるようになったら、すぐに戻ってくるつもりだった。でも……きっと妻は私をまだ許していないのだろう。私の目に星が見えることはなかった。星が見えない私など、なんの価値もない……」

「そんなわけ……お母さんがお父さんを恨むはず、ないじゃない」

突然、志保さんが叫ぶ。その声は震えていた。

「どうしてそんなに自分を責めるの？　お母さんの病気も、お父さんの病気も……誰のせいでもない、どうしようもないことよ」

ポロポロと、初めて彼女の瞳から涙がこぼれ落ちる。

「ねえ、お父さんはみんなでプラネタリウムを作ったこと覚えてる？　私が失敗して大穴を開けてしまった時、笑って超新星が誕生したねと言ってくれたこと……」

きっと家族全員で笑い合った思い出が、彼女の胸をしめつけているのだろう。

「私は、お父さんが星のコンシェルジュじゃなくても良いから……ただずっと傍にいてほしかった」

志保さんのその一言は、夏彦さんの心に深く突き刺さった。

放心したように、乾いた瞳で空を眺める夏彦さん。その姿は、自分の手で大事なものを壊してしまった子犬座のメランポスを思わせた。

深い後悔から、涙星ゴメイサは涙を流し続けている。

「志保。すまない……全部、私が悪いんだ」

「今更になって謝罪かよ、遅せーんだよ」

龍生くんが吐き捨てるように言う。

「龍生……やめて」

「姉貴は『父さんは、すぐに戻ってくるから』って、あんたの大事にしてた天体グッズをずっと大切にして待ってたんだぞ！　それが、こんなにかかってやっと帰ってきたと思ったら、心配かけたくなかっただと？　姉貴が、どんな気持ちで頑張っていたのか分かってんのかよ！」

「龍生！　……もう、いい、もういい……の」

志保は呟くように言う。

「父さんはね……ずっと私たちに仕送りを続けてくれていたの。おじさんから送られていることになっていたけど、あれは多分お父さんだと思う。……知ってた、知ってたからこそなんで帰ってきてくれないんだろうってずっと思ってた……」

「……」

「俺は……俺は！ ずっとこいつをロクデナシだと思うことで、見返そうと姉貴を守ろうと毎日を頑張ってきたんだ。今更、はい、そうですか、って許せるかよ」

龍生くんは握りしめた拳をどうしていいか分からず、テーブルを激しく殴った。

「戻ってきてくれるって信じてたんだ、俺だって……」

そう言って彼は項垂《うなだ》れてしまった。

志保さんは、夏彦さんに向かって、今まで心に溜めていた言えなかった苦しみを静かに伝える。

「ずっと考えてた……帰ってきてくれない理由は、このペンションがあるからなのかもしれないって。でも、お母さんとの思い出のあるこの宿をすぐには手放したくなかった。だけど……お母さんとの思い出がある限り、ずっとお父さんを縛りつけてしまう……お父さんはこのままだと帰ってこれない……。だから、このペンションをたたもうと思ったの。経営難もあったけど、もう潮時かなって……」

自分の夢で妻を死なせてしまったと心に傷を負いながら、心配をかけたくなくて家族を守ろうとしていた夏彦さん。

どうしていいのか分からず、自分を育ててくれた姉のために必死で頑張っていた龍生くん。

母親の想い出と父親の帰宅を天秤にかけ、悩み続けていた志保さん。

（悲しい家族のすれ違い……）

ほんの少し、気持ちがすれ違っていただけで、誰もが家族のことを考えていた。

鹿に姿を変えられた主人を追い立て殺してしまい、泣き続けたというエピソードを持つ、小犬座のゴメイザのようなすれ違いの悲劇は繰り返してほしくない……。

そんなみんなの気持ちを一つにできる、魔法の言葉が一つだけある。

僕は、それを今こそ伝えなければならない。

「あの、夏彦さん」

僕は俯いている彼に話しかける。

「夏彦さんは今日ここに泊まっていくんですよね」

「……」

「返事がないということは、そうだってことですよね？　だったら夏彦さんも今日はこのファーストライトのお客様ということになります」

僕は全員を一瞥する。

「……昴太、何が言いたいんだよ？」

「お客様にとってここは『第二の家』。だから……ファーストライトではお客様を迎える時に必ず言う言葉がある」

「あっ」

志保さんは僕の言葉を聞いてハッとする。

龍生くんもその意味に気づき、彼女がその言葉を口にするのを待っていた。

「ほら、言いなよ姉貴。ずっと言いたかったことだろ」

不安に足が竦む姉を励ますように、両肩をそっと龍生くんが支える。

「志保さん、言ってあげてください」

僕も志保さんに促す。

それは長い間、一緒に星を見る約束が叶えられるのを待ちながらずっと彼女が言いたかった言葉だった。

志保さんは父親の目を真っすぐに見ながら言った。


「おかえりなさい、お父さん」

まるでその一言で全てが許されたかのような、そんな気がした。

「……おかえり、くそ親父」

龍生くんも反発するような口調で、でも照れくさそうに言った。

僕もファーストライトのスタッフ、いや、三人の家族として魔法の言葉を口に出す。

「おかえりなさい、夏彦さん。それに、おかえりなさい、龍生くん、志保さん」

初めから余計な言葉なんていらなかったのかもしれない。家に帰ることに、難しい理由や特別なきっかけなんていらないのだから。

僕はそっと涙する夏彦さんから夜空へと視線を移した。

「ただいま……ただいま……ただいま」

大黒柱の長い不在も、今日で終わりになりそうだ。

二〇XX年　〇月×日
『涙の星、ゴメイサ』

皆さん、こんばんは。

突然ですが、明日でペンションのお手伝いも終わりです。

ずっとあのペンションで過ごしていたい！　できるなら、会社に戻りたくはない！

って、会社のブログでこんなこと書いたら怒られちゃいますね……。


ここで過ごす最後の夜は、オーナーさん一家と一緒に流星群を見ました。

流れる星に、今は見えない冬の星座も、またいつかここでこの人たちと見られるように、とお願いしました。叶ってくれるといいのですが……。

今は見えない冬の大三角形……きっとここで見られたら特別に綺麗なんでしょうね。

僕は大三角形の最後の一つ、『小犬座の涙』と言われてるゴメイサの星が好きになりました。

暗闇の中、涙のように滲んだ星の光を見ていると不思議な気持ちになります。

そうそう、皆さんは小犬座の悲しい神話をご存知でしょうか?

狩人アクタイオンは、愛犬メランポスと多くの狩りを共にしていました。けれど、女神アルテミスの水浴びを見てしまった狩人アクタイオンは、罰を受けてその身を鹿の姿に変えられてしまうんです。

愛犬メランポスはその鹿を見て、自分の主人だと分からずに噛み殺してしまいます。でも、メランポスはそうと気づかず、ずっと帰らないアクタイオンを待ち続けます。そんな姿を哀れに思った神が、天に上げ、星となったそうです。小犬座になった今も、瞳に涙を浮かべてアクタイオンの帰りを待ち続けているんです。

誤解が生んだ、とても悲しい話ですね。

メランポスはアクタイオンのことが大好きなのに、些細なすれ違いのせいで悲劇が起きてしまいました。

真実を知れば、メランポスは自分を責めて、心に消えない傷を負ってしまいます。でも、真実を知らなければメランポスは帰らないご主人を待ち続けることになります。

真実を教えることが正しいことかどうかは分かりません。

でも……アクタイオンのように命さえ失われていなければ、何度でもやり直せる、そんな気がしました。

すれ違ってしまった二人の悲劇を繰り返さないためにも、僕たちができることをする、そんな気持ちにさせてくれるエピソードでした。


さて、ここで過ごした時間は少しですが、かなり長いこと住んでいた自分の家のような居心地の良さがありました。

でも、僕は僕の帰る場所に、戻ろうと思います。

仕事は楽しいことばかりじゃない。これからまた、あの戦いの日々に身を投じると思うと怖くないと言えば嘘になります。

でも、本当にダメだと思った時、いつでも帰りを待っていてくれる『第二の家』がある。そう思うだけで不思議と頑張れる気がしてくるんです。

皆さんも、もし疲れてしまった時は、ぜひこのペンションに来て、星を見てください。そして、大切なものを見つけてください。

帰りのドアを開くときは、悲しい顔なんてしなくていいんです。大きな声で、笑顔でこう言って出ていくのがこのペンションのルールです。

いってきます、と。

だって、これは別れじゃない、魔法の言葉。
僕はいつかここに戻ってくる。星が見えるこのペンションに、必ず。

【エピローグ】ペルセウス流星群の夜に

ペルセウス流星群。

今日は雲一つなく、絶好の星見日和《びより》だ。庭にはブルーシートが敷かれている。

「ここで、寝転がって流星群を見るのか、なんだか新鮮だな」

「童心に帰ったようでワクワクしちゃうわね」

「早く、いい場所取ろうぜ」

宿泊客たちの楽しげな声が心地良い。どうやら天候も天体観測の準備もバッチリのようだ。

「えー、今日見られる『ペルセウス流星群』は一年間で最も観測しやすい流星群で、えーと、一時間に五十個以上の流星がみられることもあるんすよ」

向こうでは龍生くんが星の解説をしている。口調はどうかと思うが、堅苦しくもなく彼らしくて、なんだか落ちつく。

後輩の頼もしい成長を微笑ましく見守っていると、龍生くんもこちらに気づいたようだ。

「あ、昴太。来てくれたのか」

「やあ、だいぶ様になってきてるね。感心したよ」

「まぁな。星がバカってほど大好きな『星のコンシェルジュ』さんに鍛えられれば、これくらいはな。これからは、俺の時代が来るのを感じるぜ」

「初めは全く覚えられなかったよね」

「うるせー！」

ここ最近は仕事が忙しくて、会うのも一ヶ月ぶりになる。

「早く姉貴に会ってこいよ。ずっと今日を楽しみにしてんだぜ？」

「え？　本当に？」

「ああ？　てか、お前、変なこと考えるんじゃねーぞ！　純粋に会いたいっていうだけだからな」

「純粋に会えることを楽しみにしてたのは僕だって同じだ。また後でいろいろ話を聞かせてよ」

男同士の近況報告は短い。この気楽さが心地良かったりもするけど。

僕は人混みの中、志保さんを探す。

広い中庭だが、これだけ人がいると少しだけ狭く感じる。

僕が去ってから、ファーストライトは少しずつ口コミが増え、客足も伸びていった。今日という特別な日にここへ集まろうと多くのリピーターが終結した。

彼女もそんなお客様の一人。

僕の先に一人シャンパンを注いでグビグビ呑んでいる女性……初め、彼女が知り合いだと気づかなかった。長い髪をバッサリと切って雰囲気があまりに変わっていたから。

「あー。あなたいつかのシャンパンクイズマン」

「シャンパンクイズマンって……水野さん！　お久しぶりです」

彼女は満面の笑みで、以前の寂しそうな雰囲気は微塵《みじん》も感じられなかった。シャンパンも適量にしているのか、悪酔いしている様子はない。

「なんだか、前よりも元気そうですね」

「ええ、今日を楽しみにしてたから！　あ、そうそう、妹の結婚式、参加してきたわよ」

そう言って彼女はスマートフォンを取り出し、頼んでもいないのに結婚式の写真を見せてくる。

そこに映っていたのは二人の女性と一人の男性。

水野さんと瓜《うり》二つの女性――妹さんは、とても幸せそうに笑っていた。

水野さんも幸せそうに笑っている。泣いたのか、少し目を腫らしていたけど。

「あの日ね、新郎側の幹事の人が超イケメンでね。実は今、その人と一緒に暮らしてるの」

「恋愛の特効薬は新しい恋、ということですか」

「そうね。失恋は新しい出会いへのチャンスかもしれないわね」

完全復活、どころか一回りも二回りもタフになっていた。

「あ、すみません。ちょっと人を探しているので失礼します。また後で……シャンパンで乾杯しましょう」

「クイズ、楽しみにしてるわよ」

「あ、んー、考えておきます」

「えー」

油断大敵。またリクエストされるとは思っていなかった。

久しぶりに会った水野さんは元気そうで、こっちまで元気をもらえるくらい明るさに満ちていた。

そんなやりとりをしていると、近くでもっと明るい声が聞こえてきた。

七郎さんと千歳さんの二人、そしてその夫婦と談笑する夏彦さんだった。

七郎さんはこちらに気づくと、あの陽気な声で呼びかけてくれた。

「おー！　久しぶりだな！　今日こそはペルセウス流星群の最高の写真を撮ろうと思ってね。家内に無理を言ってやってきたんだ」

「私は構わないですよ。今度、レストランに連れてってもらうから」

「お久しぶりです。相変わらずですね」

カメラを大事そうに抱える七郎さんを、千歳さんは暖かい笑顔で見守っている。

「彼の我侭を一つ聞く度に、今度は私が二回我侭を言って良いルールが追加されたのよ。ふふっ、迷っちゃうわね」

「お手柔らかに頼むよハニー」

どうやらこの夫婦仲は限りなく円満のようだ。熱々の二人の間に入り込めない僕は近くにいた夏彦さんへと話しかける。

「お久しぶりです」

「おお。元気だったか？　この二人が熱々すぎて、正直困っていたところだ。ちょうど良かったよ」

「本当に」

「だろ？」

老夫婦に気づかれないように二人で笑い合う。こんな些細な会話だけど、またこの場所でこうして話していられるんだと思うと、本当に良かったなと思う。

「全部、昴太くんのおかげだよ」

夏彦さんは飲み物を置き、深くお辞儀をした。

「本当にありがとう。こうやってお客様が増えたのも、娘たちと仲良く一緒にいられるのも、君がいてくれたおかげだ」

「いえ、お礼を言うのは僕の方です。このペンションを造ってくださってありがとうございます」

慌てて僕も深く礼をする。

「でもな、娘はまだやらんぞ？」

「ははは……」

突然、志保さんの話題に切り替わり、苦笑いがこぼれる。彼とお酒を呑みながら談笑しながら星を楽しむ日はまだまだ遠そうだ。

良い機会だと思い、ずっと気になってたことを聞いてみる。

「あの日、夏彦さんが変装をしてまでペンションに来た理由を聞いてビックリしましたよ」

「あ、あれか」

十年前のハネムーンから定期的に訪れていた七郎さんは、年齢も近い夏彦さんと自然に親しくなっていた。

「七郎さんとは時々、連絡を取り合っていたとは全く分かりませんでした……七郎さんに志保さんや龍生くんのことをこっそり聞いていたんですね」

「……子供が心配ではない親などいないからな」

「でも、七郎さんの誤解で、志保さんが結婚したと聞いて、いても立ってもいられなくてペンションにやってきた、だなんて」

「まったく、七郎の勘違いには困ったものだ」

「でも、そうならそうと言ってくれてたら、もしかしたらもう少し事は早く解決したかもしれないのに……」

「私にだって、心の準備が必要だったんだ……。ま、今日はそんな話よりも、近頃の君の話をよーく聞かせてくれないか。随分と、志保と仲がいいそうだが……」

夏彦さんの目が笑っていない。なんだか怖い……。

「えーと、それはまた今度ということで……」

僕は人混みへと隠れるように、入り込む。

まるで同窓会のようだ。あの短い期間で出会った人たちなのに、全員が集合していた。

（これはもう、誰に会っても驚かないぞ）

そう思った矢先だった。遠くに見覚えのある姿を発見し、僕は記憶を探るが、心当たりがなかった。

（……一体、誰だ……？ ここであんな人と会ったことはないぞ。でも、なんだかよく知っているような――って、えええええええ⁉）

あの少し丸っこい、大柄な体系……そう、パンダのような目は……。

「は、半田さん⁉」

思わず素っ頓狂な声がでる。

「なんでここにいるんですか」

「はぁ？ 別に驚くことじゃないだろ。俺はお前の上司で、あの企画に関わったんだからな。あれから時々、来てたんだよ」

「そうだったんですか。全く知りませんでした……」

「ここに来るのはもう四度目だ」

「何げに常連さんじゃないですか」

僕もファーストライトにはあれから何度も訪れているが、どうやらニアミスを繰り返していたらしい。

「あら、あなた。お知り合い？」

半田さんと話し込んでいると、見知らぬ美人が彼に話しかける。『あなた』という呼び方から、まさか……。

「おう、家内だ」

「はじめまして」

「え！　ええ⁉　……あ、すみません。半田さんには、いつもお世話になっております。部下の宇田川です」

「あなたが宇田川さんね。主人から話は聞いてるわよ」

「それは……どんな話なんだろう……聞きたいような聞きたくないような」

「やる気になった部下がいるって、嬉しそうに話してるんですよ」

「そうだったんですか⁉」

思いがけぬ言葉に、思わずテンションが上がる。

「余計なことは言わなくていい」

「もう、照れちゃって」

もしかして半田さん、奥さんには主導権を握られていたりするんだろうか。彼の意外な弱点を見た気がした。

「すみません。ちょっと、人を探してるので……あとで改めてご挨拶に来ますね」

「ああ、待ってるぞ！」

思いがけず懐かしい人たちに会えたのは嬉しかった。

けれど多くの人と挨拶を交わしながら、僕はずっと彼女を探していた。

途中、ペンションの壁に飾られていたスクラップ記事を見かけた時は頬が緩んだ。

元から人気ペンションとしてのポテンシャルを秘めていたこの宿は、『夢を叶える星空の宿』の噂が広まると瞬く間に人気のペンションへと変貌を遂げた。

今までのスタッフだけではお客様に対応できないと、人員増加もした。

そんな中、人混みに、彼女を見つけた時は嬉しかった。

「志保さん」

「昴太さん。間に合ったんですね」

一ヵ月ぶりに会う彼女は少し髪が伸びていた。

別件の仕事が長引いていたが、今日は遅れるわけにはいかなかった。仕事をなんとか終わらせて、新幹線に飛び乗り、ローカル線を乗り継ぎ、やってきた。

「もちろん！　約束したじゃないですか。夏のペルセウス流星群は、必ず一緒に見ようって……だから、今日は絶対何があっても来ようって思ってました」

「嬉しいです」

「僕も」

この日を、僕は指折り数えて待っていた。

ラインで連絡を取り合ってはいたけれど、実際に会えないのは寂しいものだ。

「忙しいそうですね」

「相変わらず仕事は大変です。締め切り前は寝不足だし……でも、いつも心が折れそうになったら、ここで撮ったあの日の写真を眺めてますよ」

最後の夜、四人で撮った記念写真だ。

「身体壊さないでくださいね」

「ええ、でも、ここに来る直前のペンション探しに比べれば、まだマシかも？」

あれ以上のデスマーチはまだ経験していない……あくまでも今のところは。

「なんか会うたびに活き活きしてきませんか？」

「え、そうかな？」

「すごく充実しているオーラを感じますよ」

「ええっ、いつの間にそんなオーラを獲得したんだろう」

彼女と話していると自然と笑顔になっていた。志保さんと会っているからです、とは恥ずかしくてまだ言えない。

「志保さんは？ 何か変わったことはありました？」

「そうね。何から話そう……うーん、迷うな」

「そんなに変化があったんですね」

「ええ、ありましたよー」

キラキラとした目で僕をずっと見つめて話す彼女の顔をずっと見ていたかったけど、ちょっとだけ照れくさくなって僕は星空を眺める振りをして視線を外した。

「綺麗ですね」

「ええ」

今日のファーストライトの夜空も数えきれないほどの星が瞬き、まるで宝石箱を散りばめたようだった。

流星痕が残る星空をいつまでも眺めていた。

「これからも、ここで僕と一緒に星を見てください」

自然と素直な言葉が出てくる。

「来年も……再来年もその次もずっと……」

その時、流れる星が夜空に一筋の軌跡を描いた。

星は今日も輝いている。

あとがき

こんにちは。光野《ひかりの》鈴《すず》です。

仕事で疲れ果てたある夜遅い帰り道。なんとなく見上げた夜空にぽっかりと月が浮かんでいて、なんだか励まされた気がしました。

皆さんにもそんな経験はないでしょうか？

ただ空にまん丸な光が浮かんでいるだけなのに、それだけのはずなのに眺めていて元気が出るのはなぜでしょうね。そんなことを考えていたら本作が生まれました。

本作は満点の星空の見えるペンションが舞台となっております。ロマンチックな星座神話や宇宙の神秘が、皆様が星空に興味を持たれるきっかけになれましたら幸いです。

星に関する話はそれこそ星の数だけあって、本作では何をテーマにするかで迷いました。

宇宙のブラックホールについても何か書きたかったですし、スペースシャトルで宇宙探索をする夢のある話も書きたかったです。新星発見を目指す人の物語や、プラネタリウムで働く人の物語、天文部での青春の物語も捨てがたいですよね。射手座の悲しい神話は考えさせられることが多いですし、ペルセウスとアンドロメダの神話には憧れを抱きます。太陽が緑色に見えるグリーンフラッシュとか、これはもうクライマックスで使うしかないと思いましたがストーリーや舞台的に無理だと泣く泣く断念したりもしました。

一つの作品ができるまでに本当に多くの没案が生まれるのだなと今回の執筆で痛感致しました。今回は採用されなかった没案たちも、別の形で陽の目を見ることがあればいいんですけどね。

本作の主人公は物語開始時、日々の忙しさに負けて星空を見上げる余裕をなくしております。凄く綺麗な星空に気づかないで過ごすなんて、とても勿体ないですね。

もし本書を読んで、なんとなく夜空を見上げるきっかけになっていただけたなら作者冥利に尽きるというものです。

最後にお礼を。担当の粂田《くめた》様。様々なアドバイスをいただけて感謝致します。これからもご指導ご鞭撻《べんたつ》のほどよろしくお願い致します。また、校正様はじめ、本書を発売するにあたり関わっていただいた全ての方々に感謝致します。

最後に、本書を手に取ってくださったあなたへ。心からありがとうございます。

光野 鈴 著作リスト

マジックバーでは謎解きを～麻耶新二と優しい嘘～（メディアワークス文庫）
星空のコンシェルジュ（同）
「彼女はワロスの盟主さま はじめての天下逃二」（電撃文庫）
「彼女はワロスの盟主さま2 無限の闇と夢幻の光」（同）

本書は書き下ろしです。

◇◇メディアワークス文庫

星空《ほしぞら》のコンシェルジュ

光野《ひかりの》 鈴《すず》

発行 2015年7月25日 初版発行

発行者 塚田正晃
発行所 株式会社KADOKAWA
〒102-8177 東京都千代田区富士見2-13-3
プロデュース アスキー・メディアワークス
〒102-8584 東京都千代田区富士見1-8-19
電話03-5216-8399（編集）
電話03-3238-1854（営業）
装丁者 渡辺宏一（有限会社ニイナナニイゴオ）
印刷・製本 旭印刷株式会社

ISBN978-4-04-865342-8 C0193

メディアワークス文庫 http://mwbunko.com/
株式会社KADOKAWA http://www.kadokawa.co.jp/

本書に対するご意見、ご感想をお寄せください。

あて先
〒102-8584 東京都千代田区富士見1-8-19 アスキー・メディアワークス
メディアワークス文庫編集部
「光野 鈴先生」係

女神搭載スマートフォンで あなたの生活が劇的に変わる！

浅生 楽

人生の崖っぷちに立つ落第生・海江田悠里のスマホに、幸運の女神が宿った。信長やナポレオンらを導いたという彼女に翻弄されながら、人生の逆転に挑む悠里であったが……。笑って読めてタメになる、幸福へのテキスト。

あ-6-4 366

ウチと白ばあちゃんと株の神様と

並木飛暁

「あなたに資産を使われて五百万円の損害」。なぞの金持ちばあちゃんが、ウチのことをニコニコと脅してきた。でもって、「頼まれて、くれないかい？」って、それを人は脅迫っていうのよ!! アキナ十七歳、一体どうなる!?

な-8-1 367

神様の御用人

浅葉なつ

野球をあきらめ、おまけに就職先まで失った萩原良彦。無気力に生きる彼がある日突然命じられたのは、神様の御用を聞く〝御用人〟の役目だった。まさか勝手気ままな日本中の神様に振り回され、東奔西走することになるなんて！

あ-5-5 247

神様の御用人2

浅葉なつ

名湯探しに家探し、井戸からの脱出の手伝いに、極めつけは夫の浮気癖を治して欲しい!? 神様たちの無茶なお願いが、今回も御用人・良彦とモフモフ狐神・黄金を走らせる。神様の助っ人（パシリ）物語、第二弾！

あ-5-6 271

神様の御用人3

浅葉なつ

人気ファッション作りに、相撲勝負、柄杓探しにお菓子作り。今回も神様たちの御用はひと筋縄ではいかないものばかり。良彦と黄金の奮闘も更にアップ!? 神様たちの秘めたる願いと人間との温かい絆の物語、第三弾！

あ-5-7 313